セツローさんの随筆

小野節郎

信陽堂

目次

装画・挿画・造形　小野節郎

今治駅のシグナル

私のスケッチブックのなかに、駅のシグナルを描いたものがある。松山市内のO病院を退職し、今治《いまばり》のD病院に通勤していた頃のものである。松山から今治までの通いは朝寝坊の私にとっては大変で、松山を七時の汽車に乗り一時間半の車中で眠らないはずはない。一度寝込んでしまい、今治駅を通過した。

「桜井、桜井」の声で目を醒まし、あわてて伊予桜井の駅前よりタクシーで引き返したことがある。それからは病院へ着くのが少しでも遅れると「また乗り越したの」と言われるようになり、評判になってしまった。

仕事を終えて汽車の時間待ちに今治の街や駅の周辺をスケッチして歩いた。今治駅の東の踏切から駅のほうを向いてスケッチしていると、普通なら立入り禁止区域なのに、踏切の警手さんが、「暑いでしょう。これに掛けて描いてください」と言って、丸椅子を持ってきてくれた。その親切がうれしかった。四月から八月までの短い今治通いだったが、人情味溢れる人々との出会いは忘れることができない。

このシグナルは、何故描いたのだろうかと考えてみると、私の故郷である岡山の備中高松の駅のすぐ近くに生家があり、子どもの頃から駅が遊び場になっていた。ＳＬがくると、すぐ近くまで行って手で触れてみたり、シグナルに登ったり、引込線にあるトロッコに乗ったりした。

腕白仲間に悪い奴がいて、田圃の中の小さい踏切で仁王立ちになり、両手を横に拡げて汽車を止めたのがいる。レールに耳を当てて、汽車が近くにくるまで音を聞いたりするのはお茶の子サイサイであった。この汽車を止めた奴は、鉄道会社、学校の方よりきついお達しがあり、父親は小さくなって唯々頭を下げるのみであった。そのかわり腕白息子の頭を、いやという程殴ったのは勿論のことである。

子どもの頃、こんなさまざまなことがあって、駅のシグナルを見ると郷愁を感じ、幼い頃の仲間を思い出すのである。

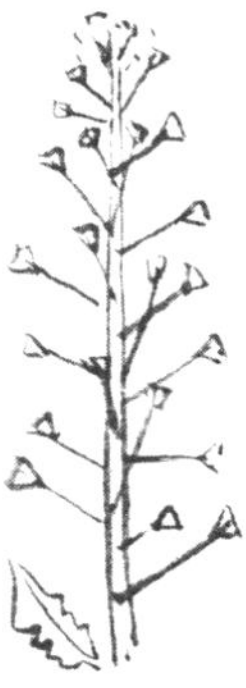

月夜茸はうまかった

私の生家の隣村に、足守川という川がある。

天正十年、秀吉が中四国を攻めたとき、備中高松城を水攻めにした。その時水を引いてきたのがこの足守川である。

この川の、「すぐ」近くに母の生家があって、子どものころよく遊びに行った。広い河原に牛が放牧されていて、夕方になると祖母の家の軒に吊してある竹の笛を係の人が、ボーボーと鳴らす。するとそれぞれ農家の人が出て来て自分の牛を連れて帰ってゆく。

この河原は、子ども等の遊び場で魚をとったり、水泳をしたり、一日中遊ぶことができた。

この川で「よぼり」という魚の捕り方がある。夜アセチレンガスのランプを持って、川の中を下から上へ歩いて行きながら魚を網で押さえる。夜の魚は、川の底の砂の上に動かずにいるから直ぐ捕れる。祖母と、母と、三人でこれをやったことがある。籠に一杯の収穫があった。

もう一回三人で行ったことがある。秋の山の茸狩りである。祖母と母は、手甲《てっこう》に脚絆《きゃはん》、腰に籠を下げ頭に手拭を被っていた。母は、自分の里でその上祖母と一緒のせいか、とても良い顔をしていた。

私の採った茸は、全部祖母が見てくれた。

「これは、食べられる」

「これは、だめ」

「これは、毒きのこ」

と言いながら、選り分けてくれる。食用になるものは、ごく僅かだった。祖母は直径二十五センチ位ある大きな「くろっこう」（くろかわ）を採った。その夜は、焼いたり、煮たり、吸い物に、楽しい夕食になった。この時の茸の味が忘れられないのか、今でも茸を追っている。

十月の中頃の救急当番の日に、Aさん一家四人が激しい嘔吐で来院した。顔面蒼白、奥さんは手指を震わせ恐怖の様相である。話によると、枯れ木に「ひらたけ」が群生していたので籠に一杯、二十キロほど採ってきた。その夜、牛肉と茸を煮た。茸のうま味と牛肉の脂肪とがよく合ったのか良い味になり、主人は大皿に二杯も食べ、汁も全部飲んだそうだ。二人の子どもは、あまり好まなかったのか汁を少し飲んだだけだった。

あまりに美味であったので友人宅へ持って行ったところ、友人は茸の香をかいだり、割ってみたりしていた。暗い所へ持って行って裏を見ると青白く光っていた。友人は、

「これは食べたら大変だよ」

と言った。Aさんはきまり悪そうに、

「もう食べたんだ」

「そりゃ大変だ、早く病院へ行かないと！」

その中、吐き気を催しだした。家でも全員が嘔吐していた。病院に持って来た茸を見るとまさしく月夜茸《つきよたけ》であった。

月夜茸は、半円形の茸でブナ、イタヤカエデなどの枯れ木に群生する。外観は、ムキタケ、ヒラタケに似ている。日本での毒きのこの中で最も中毒が多い。割ると柄のつけ根の部分に黒褐色の斑点がある。濡れたり、乾燥した

りすると、全く感じが変わってくるので注意しなくてはいけない。症状は、手足の先端が赤くはれ、激しく痛む。消化器官の粘膜の炎症、悪心、めまい、嘔吐、下痢、回復は早く生命にかかわることはない。

毒素は「ランプテロール」で、これを中和させるものはなく、催吐、胃洗浄、吸着剤投与、補液を点滴する。

患者の訴えは、三十分後嘔吐、手指の先端の発赤、目は膜を張ったような、また蛍が飛んでいるようなと言っている。この一週間後にも、月夜茸を食べた家族五人が来院した。

やはり、味は良かったそうである。

僕の車は菊の紋がついている

今の子どもは、ファミコンなどで家の中で遊ぶことが多いようである。

私の子どもの頃は、四季を問わず外で体を使って遊んでいた。遊び場所も、山、川、田圃、町のいたる所の広場と、不自由しなかった。大人も余程悪いことでない限り、「これはいけない」「あれは危険だ」とか言うことはなかった。数人集まって日の暮れるまで自由にとび廻っていた。

一度、大変なことをしでかしたことがある。冬、戦争ごっこをしていて、田圃の畦《あぜ》の、枯れ草に火をつけた。最初はチョロチョロと燃えていたが、そのうち風が強くなって、炎は畦を這うようにみるみる広がり、その近くにあった藁ぐろに燃え移った。炎と煙が舞い上がったものだから、驚きと恐ろしさに呆然と立っていた。しばらくすると農家の人達が駆けつけて消しとめてくれた。その時は悪いことをしたと思って、叱られるのを覚悟していたが、「子どもがマッチで遊んではいかん」と農家の老人が皆を見廻して言っただけだった。藁ぐろの燃えたことなど一切言わなかった。

今の時代なら、学校から家庭、悪くすれば新聞にまでのったのではなかろうか。農家の人もその頃は大様《おうよう》な気持ちでいたのであろう。

小学校でも、いたずらが盛んであった。嫌な唱歌の時間が始まる前に、誰かが仔猫を連れてきた。その猫をピアノのカバーの中へ入れ外からわからないようにした。全員行儀よく、いつもより静かにして先生の来るのを待った。

先生が徐《おもむろ》にカバーを開けると、

「ミャーオー」

先生の驚きはものすごく、顔を真っ赤にして「不愉快です！」といって教室を出て行ってしまった。皆歓声をあげて喜んだ。後で教頭先生にながながと叱言をくった。たぶんこの先生は猫が嫌いだったんだろう。好きだったら「オヤ、可愛い仔猫ネ」と言えば、授業も静かに終わって、僕等も教頭先生に叱られずにすんだのにと思った。

町の中心に鉄道の小さい駅がある。その駅前の広場も遊び場でよく悪童たちが集まっていた。その中に駅前の「三勇士」と言われている腕白がいた。大柄な「トンチャン」歯医者の「イサオ」うどん屋の「シロー」、この三人は腕白の中でも有名であった。

昭和九年か十年頃、陸軍の大演習があって近在の町村はその演習場となった。その視察のため、天皇陛下が我が町にこられることになった。年輩の方は知っての通り、その頃陛下の行幸となると町をあげての大騒動で、町長をはじめ警察署、役場の職員、町の有識者等、一ヶ月も前から準備に大童《おおわらわ》であった。

その行幸の当日、駅前の広場に陛下のお乗りになる、菊の御紋のついた黒塗りのピカピカの車が駐車してあった。丁度昼頃、どういうわけか広場に警備の人も、誰もいない時間帯があった。すると、何処からともなく例の「三勇士」が現れたのである。三人は何の躊躇する事なく車に向かって真っ直ぐに進んで行った。扉を開け、乗り込んでしまった。

警笛を「プープー」鳴らすわ、ハンドルを廻すわ、柔らかいクッションの上で飛び跳ねるやら、我が物顔に遊び出したのである。この時誰よりも早く、あわてて飛んできたのは警察署長である。自分の首が飛ぶことを心配したに違いない。

子どもの親達は、監督不行届で町長、署長に激しく絞り上げられたが後で尾をひくことにはならなかった。

話によると、この事件は町内だけで内密に終わらせたときく。

現在、三人は健在で孫の守りをしている。

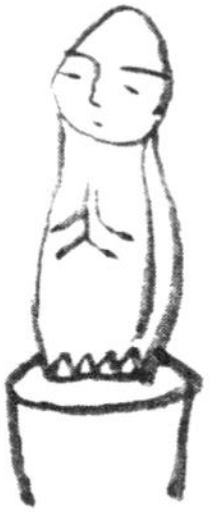

饅頭は害虫

饅頭は菓子のなかでも、素朴で一番親しみの持てる食物である。では、どんなものを饅頭というのか、練りきりや求肥《ぎゅうひ》に餡の入ったものは饅頭とは言わないようである。

辞書を引いてみると、饅頭とは、「うどん粉に甘酒を加えこね、中に餡を包んで蒸して作る蒸し菓子。暦応年間（将軍足利尊氏の頃）中国から帰化した林浄因が、奈良で始めた奈良饅頭を始とする」と記してある。私の知っているものでも、卯之町《うのまち》の山田屋まんじゅう、道後の薄皮饅頭、久万《くま》のおこう饅頭、岡山の大手饅頭、四日市《よっかいち》のなが餅、新宿の花園万頭、形の珍しいもので宅間《たくま》の平たい酒饅頭。長野の善光寺には野菜の入ったものもある。

煎茶や抹茶に用いる菓子は上物で、上品そうなものが使われていて、行儀の悪い姿勢では食し難い。食べ方も心得ねばならないような気がする。その点、饅頭となるとそんな気持ちは起こらない。立って食べようが仰向けに寝て食べようが、腹這いであろうが一向にかまわない。

又、古くなったものを焼いて熱いのを手のひらの上で転ばせながら、フウフウ言いながら食べ、冷たい番茶をがあーっと飲むのもおつなものである。

饅頭に纏わるこんな話がある。

昔、山奥に小さい村があった。朝早く猪太郎が山の下刈りに行く途中、道端に饅頭が落ちているのを見付けた。旅の人が落としたのであろうが、饅頭

を知らない猪太郎は不思議そうに見つめていた。そこへ春吉が通りかかり、

「猪太、何してんだ」

「おお、春吉か、ここに落ちとる丸いものは何じゃろか？」

「こりゃ、食い物じゃ思うけんどのお」と春吉は言った。

「うんにゃ、違う、こんな食い物はみたことねえ」

二人は腕を組んで頭を傾げて考えてみるが、全く判らない。

「そんなら、物知りの田吾作爺を呼んでこようか」と言って春吉は走って行った。

田吾作爺は、がに股で両肩を左右に揺らせながら、ひょこたんひょこたん、やってきた。

田吾作爺もやはり、頭を左へ傾けて腕を組んで考えていたが、いきなり、

「こりゃ、あの、その、それ、あれじゃ」

猪太郎は口を尖らせて、

「お爺、あれじゃわからん」

「こりゃ、あの、その、むにゃ、むにゃ、……が、害虫じゃ、穀物を食う害虫じゃ、今に手や足が出てきて動き出すぞ」

「お爺、馬鹿んこと言うな、亀じゃあるめえし」と春吉は言った。

「うんにゃ、ちげえねえ、害虫じゃ」

爺が真剣な顔で言うので猪太郎は、

「そんなら今のうちに殺せえ」

と言いながら足で踏み付けた。饅頭は潰れて中から餡が、ぐにゅぐにゅ、と出てきた。

これを見た田吾作爺は誇らしげに、

「矢っ張り、わしの言うた通り害虫じゃ。もう、こんなに小豆《あずき》を食うとる！」

味噌なめ地蔵

石仏には、さまざまなものがある。道祖神、地蔵、庚申塔、不動明王、仁王、金精《こんせい》様、田の神、道しるべ等で、その中でも珍しいものとして、群馬県沼田市にある天桂寺の「味噌なめ地蔵」がある。

江戸時代前期に造られたと言われ、奪衣婆《だつえば》と懸衣翁《けんねおう》のことであるが、この地方では「味噌なめ爺さん」「味噌なめ婆さん」と呼ばれて親しまれている。

土地の人々は頭痛、歯痛、神経痛等の病になると、その寺へ味噌を持って行き、地蔵の口や、自分の痛い部分にあたるところへ味噌を塗り付ける。願いが叶って癒ったとき、また、味噌を持って行きお礼に塗る。赤い頭巾や前掛けを着けてあげることもある。貧しい農民達は夜中、ひそかにこの味噌を戴いてきて、飢えをしのいだという。

共に助けあう「生活の知恵」でもあったようだ。

伝説では、この地に「尾見治太夫正敞」という勘定奉行がいた。

その時代は年貢の取立てが厳しく、農民は困窮していた。奉行は少しでも楽になるように、取立てを少なくし、目こぼしをしたので、農民は喜び、奉行を仏のように慕っていた。

だが、其れは長くは続かなかった。遂に発覚。奉行は不正取立ての罪に問われて、切腹。農民達は嘆き悲しみ、ひそかにこの像を造り、背中に奉行の名を刻み懇《ねんご》ろに供養したという。

現在でも相変わらず盛大に味噌を塗られ、赤い頭巾と前かけを掛けて「むっ」と力んでいるお地蔵さん。人々の苦痛は、二十世紀の今でも、医学、医療だけでは取り除けないものが多い。

＊天桂寺住職　阿部秀典氏に聞いたこと

鯰

物作りの仲間が、毎年十二月に開いている一点展も、昨年で十回目になった。十回目ということは十年たったということになる。早いものである。十一月にはいると、今年は何を作ろうかと考え始めなければならない。出展者はそれぞれその道の達人ばかりなので、なるべく「本業以外の作品」をという取決めである。私の場合、生活の本業ではないが、油絵ということになっているので、それは出さない。今までの出品作品は、和紙に墨で絵を描き、詩、のようなものを書きこむ、これを四年。土で形を作って焼いたものの二年、木を削って作ったもの四年。去年の十回展には木の鯰を出した。どうして鯰を作ったのかと考えてみると、鯰と私の付き合いは非常に長いのである。

私が生まれたのは商家で、屋敷の一番奥に白壁の土蔵があった。その裏側は石垣になっていて、下を小さい川が流れている。子どもの頃はこの川で魚を捕ったり、「たらい」に乗ったりしてよく遊んだ。木の「たらい」でこれは馴れないと、くるくる回ったり仰向けにひっくりかえったりする。小柄だった私はこれが一番得意で、低くて長い石橋の下を、頭を下げながら通って悪童達を驚かせたりした。

この小さい川も田植頃になると水が増し流れも速くなる。そうなると魚も捕れないので川端の道で遊ぶ。二つ下の呉服屋の「こーちゃん」が川へ落ちたのもこの頃で、底のほうで白いシャツがもがいているのが見え、そのまま川下へ流されていく。一番年上だった「とんちゃん」が手を伸ばし、やっと白いシャツを摑んで引き上げた。

「こーちゃん」で思い出した。何年かたって、「こーちゃん」が私のうちへ遊びにきて泊まったことがある。その時、びっくりしたのはその鼾《いびき》の凄いこと、凄いこと。鼻か喉が故障じゃあないか！　と思うほどで、普通の定期演奏ではないのである。まさに不定期的雑音なのである。はじめ吸い込むように「グッー、グッー、グッー、グッー」と、息を吸い続ける。聞いているだけで息が詰まりそうになる。もうこれが限界、まで吸い込むと、「ガッアーガガー」今度は一気に出すのである。その大音響が朝まで延々と続くのである。「こりゃ、たまらん」隣の部屋へ逃げ出したが、壁の一つや二つ、あってもなくても同じである。

「寝られんかったろ」翌朝こーちゃんは、ケロッとして言った。

それから、またまた何年かたち、「こーちゃん」は適齢期になり結婚した。嫁さんは三日目に帰ってしまった。その後再婚して子どもも出来たとか、噂で聞いた。

「こーちゃん、おめでとう、ほんとによかったネ」

この小さな川も八月になると水が少なくなって、魚が捕れやすくなる。少し下の、お寺の裏あたりに行くと、太さが十五センチくらいもある鯰が捕れたことがあった。あの味は、今でも舌が覚えている。考えてみると、母にはよく叱られたが、何をして叱られたのかよく覚えていない。魚を捕ってきたり、きのこを採ってきたときなどは一緒になって喜んで、料理してくれたりして、小さな心を満足させてくれるよい母であった。

末の弟とは十二年の差があって、これが又、魚とりが大好きで、小さいときから私によくついてきた。

弟が小学生になった頃、制服のポケットに手を入れたまま息を切らせて帰って来た。

井戸端へ行きバケツに水を入れ、大事そうに、慈しむようにポケットからバケツの中に放したのは、十センチぐらいの鯰の子であった。

「一人で捕ったんだ」弟は自慢そうに言う。私は、

「シン、シン（弟の呼び名）なんでポケットへ鯰なんか入れるんなら」

弟は言った。

「だって、かあちゃんが、ポケットは大事なものだけ、入れるところじゃ、言うたヨ」

生まれて初めて捕った小さな鯰は、弟にとって、この世で一番大事なもの

だったに違いない。

大鯰を、二度捕ったことがある。小学校の三年生のとき、同級生の「しんちゃん」と、田圃のなかを通っている用水路を堰き止め、田に水を入れる足踏みの水車を担いで運んできて、水を搔き出した。水が少なくなって底の泥が見えだしたとき、丸太のようなものが水草のなかにあるのが見えた。棒でつついてみると、何とこれが大鯰で、大きな尻尾で「バシャ、バシャ」跳ねる。二人は服を泥だらけにしながら抱きかかえて捕まえた。

数日後、農家の人に叱られた。興奮の余り、水車も堰もその儘《まま》で帰ってしまったからである。そのときは、鯰のことしか、頭に無かった。

もう一回は、溜め池の水替えのときで、これも大きく、洗濯用の木のたらいに入れると未だ余って尻尾が少し曲がる。ゆうに八十センチは下らない大物だった。

この鯰を捕ったあと、不思議なことが起こった。私は高熱を出し寝込んでしまった。

「ウン、こりゃ、おおけえ、池の主じゃ、逃がしてやらんと坊の熱は下がらんぞヨ」

隣の爺さんが鯰を見にきて、言ったという。

私が熱にうなされている間に、家の誰かが、大鯰を池に放しにいったそうな。

翌日、熱は下がった。

「もう二、三日もしたら、魚とりに行けるね」

と、母は笑顔で言った。

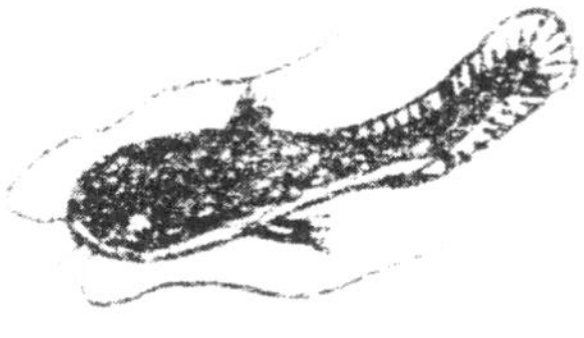

鮒めし

生まれ故郷の備中高松は、岡山から西へ電車で二十分。周囲には小高い山々が連なる小さい盆地で、稲作や果物、野菜作りの盛んなところである。中でも桃、マスカットは名が通っている。

子どもの頃、山の近くの池で泳いでいると、果樹園の兄さんが、熟した桃を池をめがけてポンポン投げてくれる。立ち泳ぎしながら手のひらで産毛をこすり取って洗い、そのままかぶりつくのである。現代のように食べ物の豊富な時代ではなかったが、トマト、枇杷、柿、すもも、いちじく、ゆすら梅、ぐみ、と、何処へ行っても家の裏に実のなる木が植えてあり、町中が知り合いなので、自由に取って食べても何も言われなかった。

町に一軒、本屋があって、スーちゃんという若い丁稚がいた。自転車に大きな竹籠を付けて、沢山本を入れ、配達に廻る。暑い日は顔を真っ赤にして汗を流しながら走り廻っていた。腹がすくと、何処ででも、食べられるものなら何でも口にいれてしまう。

ある時、塀ごしに柿を取って齧り付いた途端、「うわー」と、吐き出した。渋柿だった。

夏休みの一日、友達と川で泳いだあと、西瓜を食べているところへ、スーちゃんが通りかかった。

「スーちゃん、休んで行けよ、西瓜があるよ」

声を掛けると、喜んでパクパク食べたあと、

「汗をかいたなー、ひと泳ぎしようかな」

「スーちゃんそれだけは、やめてよ。僕等、まだ泳ぐんだから」

皆で、慌てて止めた。スーちゃんはいつもフリチンで泳ぐのである。その上、水の中で大便をする癖があって、その川下に、茶褐色の棒状のものがプカリと浮かび上がることを僕達は皆、知っていたのである。

スーちゃんは、その夏の終わり頃、田舎へ帰ったと聞いた。

冬はとても寒く、家のなかの暖房と言えば、店にある火鉢だけであった。商家なので親父はいつも火鉢の前であぐらをかいて、貧乏揺すりをしていた。手を温めにいくと、

「子どもは風の子、外で遊べ」

が口癖だった。

殆ど家のなかで遊ぶことはなかった。どんなに寒い日でも日暮れまで外を走り廻っていた。寒に入ると、小川に寒鮒を捕りにいく。この季節の鮒は泥臭くなくて味がいい。

捕りかたは、網も竿も何もいらない。小型のバケツがあれば良いのである。田圃のなかの川なので周囲に稲藁はいくらでもある。藁を川岸に敷きそこへ腹這いになり、岸と杭の間へ両手を延ばして、そーっと、やさしく囲むと、手のなかへ鮒は入ってくる。それを素早く摑むのである。十センチから十五センチほどの小鮒が十匹も取れると、夕食に間に合うように急いで帰る。

「鮒、捕ってきた」と言うと、母は、

「今日は寒かったろ」

私は、真っ赤になった手を拭きながら、

「水の中はぬくいけん」

と、言う。

「鮒めしは、ぬくもるし栄養がある。体には、とっても良ぃんよ」

母はまな板を準備して、鮒の頭と鱗を落とし、はらわたを取り除く。分厚いまな板の上で、トントン、トントン、鮒の皮も身も骨も、出刃包丁で叩ぃて、ミンチにしてしまう。

大鍋に油を少し引き、鮒のミンチを入れる。ジャーンと音を立てて焼ける。充分煎り付けたあと、湯を加え、牛蒡、人参の千切り、油揚げを入れて煮る。醬油と酒で味を付け、最後にほうれん草を入れる。母の料理は手際よく、見ている間に仕上がってしまうのである。

大きめの丼に温かい御飯を盛り、その上に汁と具をたっぷりかけて蓋をする。蓋の糸尻に黄色い沢庵が二切れ乗っている。

真冬の寒い夜、ふうふう吹きながら食べた鮒めしの味は、一家団欒の雰囲気とともに忘れることができない。その母の手も。

真紅の石

「これ、照ちゃんに上げて」

と、言って母が大粒のルビーを手渡してくれた。リングはなく、石だけである。

私が結婚して間もない頃であった。

その後すぐ、松山に新居を構え、貧乏暮らしをしていたので、そのルビーのことは何時《いつ》とは無《な》し忘れていた。数年たって、引き出しの奥からそれが出てきた。母が呉れたものだから、ルビーに台を付け指輪にしようと思い、宝飾店に持って行き、ついでに石を鑑定してくれるよう頼んだ。しばらくすると宝飾店の店員がきて、

「あれは、模造のルビーですが……それでも指輪にしておきますか」

と言う。私は、驚いて聞いた。

「昭和の初め頃のルビーですよ。そのころ模造の石は無いでしょう」

「イヤ、模造石はかなり古くからあるんですよ」

と店員は言った。私はしばらく考えて、

「模造石でも、母にもらったものだから指輪にして下さい」

と決然と頼んだ。

この石の秘密を、私は知っている。

父は、母と結婚してからも放蕩が絶えなかった。母は嫁いでから、体の弱

い姑の世話やら、父の兄弟四人の面倒、その上店番、家事など、心身共に極度の疲労が続いたようだ。加えて父のあまりの行状に愛想も尽き果て、我慢の限界に達した母は、遂に里へ帰ってしまう。離婚の決意は堅く、里の母親もかねがね憂慮していたので、娘の意志を尊重し、反対はしなかった。双方の話合いの結果、離婚成立。役場に届も提出した。

一ヶ月の余も過ぎ、父も少しは反省したらしい。父の両親はもとより、気に入った嫁であったので、復縁の話を出してきた。

父がいくら頭を下げても、母は頑として応じなかった。思案のあげく父は、街の有力者に頼み、間に入って貰って、何度も通い母を納得させたのだそうな。

母が納得した理由の一つに、身重になっていたことがある。生まれてくる子どものことを思い、母は父のもとへ帰る決心をした。

母を迎えに行った父の手に、大きなルビーの指輪があった。

だが、私が物心ついて以来、この指輪が母の手を飾っているのを一度も見たことはない。

空を飛んだ！

私より一つ年下で、カッパというあだ名の友達がいた。カッパというが、泳ぎが巧いわけではなし、頭がカッパに似ているわけでもない。

小学生の頃、雨が降ると大抵の子が、太い重たい番傘をさして通学する。金持ちの子は、こうもり傘、モダンな家の子はフード付きの雨合羽を着てくる。学校中で二人。その一人が私の友だちであった。おとなし過ぎるこの友人は、珍しいカッパをからかわれても、じっと俯いてモジモジしているのであったが、どういう訳か、私とは気が合った。

このカッパには、悪い癖があった。夜中に起きて小便に行くのであるが、場所が便所なら問題無い。ある時は押し入れの布団に、ある時は箪笥の引き出しをわざわざ開けて用を足す。もう、彼の親達は音を上げていた。カッパは、確かに便所に行って用を足しているのだという。こんなのを夢遊病者というのだろうか。

子どもの頃、私も空を飛ぶ夢をよく見た。

町のはずれの小高い山の上のお宮から、飛行機のように両手を伸ばして飛び出す。見馴れた松や楠の大木が真上から見える。実際に真上から見たことはないのに、それは絶対疑う余地のない景色であった。お宮の長い石段も、上から山裾の登り口まで一目で見える。

上のほうは大きく、下は小さく見えて、遠近法に適っている。

楽しい夢の途中で目が覚めることがある。その時は、

「ヨシ、続きを見よう！」

と言って布団を頭まで被って眠ると、うまく見られるときもあった。しかし、この「続きを見よう」……も、夢かもしれない。

大人になった今でも時々変な夢を見る。最近見た夢。


何をしたのかわからないが、全員死刑の宣告を受けた。裁判官が、

「小さい子どもも死刑です」

と言った。

私は孫の象平《しょうへい》だけは何とか助けねば……と思い、

「象平がかわいそうだ。象平がかわいそうだ」

と言いながら捜しに行った。

広い場所に出た。そこは岡山の、私が子どもの頃よく遊んだお寺の裏で、小さい川があり、魚取りなどした所だった。川の反対側には、母が野菜を作っていた畑があった。

私が懸命に「象平、象平！」と呼ぶと、白い土蔵の前の芒《すすき》がガサガサと揺れて、

「おじいちゃん、なーに」と、象平が立ち上がった。

そこへ警官がきて、私に小さい声で言った。

「逃げるなら、今ですョ」

＊　＊　＊

家へ泥棒が這入った。

〝スワ、警察に電話！〟と思うのだけれど、その音で泥棒に知れてしまう。〝そうだ、裏から出て外で電話しよう〟外へ出てみたが電話はない。深夜に知らない家を起こして借りることも憚られ、気は焦るばかり。その時、

「そうだ、抹ちゃんとこへ行って借りよう！」

と思い付いた。

抹ちゃん宅は、表がガラスの引戸になっていて、それをバンバン叩きながら、

「抹ちゃん。マッチャン！　電話を貸して！」

と叫ぶと、抹ちゃんが不機嫌な顔で出てきて、模様のない、白いカーテンを乱暴に引き、戸を開けてくれた。ガラス戸の内側は直ぐ畳になっていて、抹ちゃんはその左側に寝ていたらしく、布団が敷いてある。

「一体、どうしたの」と聞くので僕は、

「家に泥棒が這入った。警察に電話するので、電話を貸してください」

と言うと、抹ちゃんは、

「電話なら、奥の部屋のおじいちゃんとこにあるから」

と言った。

襖を開けると、おじいちゃんとおばあちゃんは、起きていてチョコンと布団の上に座っている。

おじいちゃんに「電話を貸してクダサイ」と言うと、おじいちゃんはニコニコ、ニコニコと笑いながら、

「電話は、この中にあるから、ドウゾ」

と言って、枕もとにある黒檀の角火鉢を僕のほうに押し出した。火鉢のなかには、灰ではなく、何やら解らないドロドロした液体が入っていて、それが温まって湯気が出ている。

「なんで、この中に電話があるんですか」

と聞くと、おじいちゃんは一層相好を崩し、

「泥棒に見つかると、まずいからネェ。お手打ち、だからねエェェ」

と、声を引きながら、湯気の立つ液体のなかへブズッ、と手を入れ電話機を出してくれた。

おじいちゃんの手からも、電話機からも、ムッとする匂が立ち上り、赤い雫がポタポタ垂れていた。

引っ越し

松山にきて、三十七年になる。

その間、引っ越しをした回数が十二回、自分自身で驚いている。三年に一度の割合だ。

「小野さんは、引っ越しが趣味ですか」

など人に言われるが、好きで引っ越しをしているわけじゃない。仕方ないので、泣きの涙でやっている。と言っても私は自分のものを箱に詰めるぐらいで、大抵は、家内と娘、それと娘の友人達が、大勢、車で駆け付けてきてくれる。

引っ越す日はどうしても日曜日になるけれど、私の仕事は日曜勤務。手伝いたいのは山々なれど……という次第。

さて、日曜日の朝、古い家から出勤して、夕方には初めての家路を、キョロキョロしながら歩いて帰る。これも結構楽しいものだ。

何時の場合でも、手伝いにきてくれた若者達に、気前よく物を上げてしまうので、落ち着くと又、同じような物が必要になってくる。家内は、

「また買ってきたのですか！　今度の家は狭いのだから物を増やさないようにしないと」

など言いながら、自分も結構いろんな物を買い込んで来る。

私は新しい土地にも家にも、直ぐ馴染める特技を持って居る。その土地な

らでは、という暮し方も実に楽しいもので、越智町の家はマーケットの裏で、食料や日用品が足りなくなると、すぐ買いに走る事ができ、まるで、我が家の大型貯蔵庫であった。

休日に山歩きに誘われたりしても、途中で合流出来るし、何より勤め先が近くてとても便利だった。

その次に移った伊予郡松前町《まさきちょう》では、通勤に少し時間はかかるが、電車は渋滞しないし、時間は正確。カタコトと振動に身を任しているのも又楽しい。海が近く魚介類は豊富でうまい。重信川《しげのぶがわ》河口の夕陽は素晴らしい。鳥も沢山飛んで来る。私は忽ち気に入って、日々を快適に過ごしていた。

だが、この松前町の家では思わぬ体験をした。師走の寒い真夜中、玄関のガラス戸をガンガン叩く音に驚かされ、跳ね起きた。

「起きてください。起きてください」

と言う大声が聞こえる。

その頃私の一家は、娘と孫三人が同居していた。全員が目を覚まして玄関へ出た。玄関の扉は、一番上が透明なガラスになっており、中年の男性の鼻のあたりから上だけ見える。

とにかく大きな目玉が、何か必死で訴えている。「ギョロ目とはこんな目だな」など瞬間思った。

「裏の家が火事です！　裏が火事ですッ、起きてください。起きてください！」

と、言っているようだ。

裏の家？　と言えば、三メートルほどの間隔しかない。慌てて覗いてみると二階が燃えている。真っ赤だ。もう家全体が熱しきって軒からは煙がジクジク出ている。

サァ、大変だ！　孫達は泣きわめく。「泣かずに服を着なさい」と言って、母親である娘を呼ぶが、姿が見えない。

〝この大事の時に子どもを放って何処へ行ったんだ！〟

私も手早くYシャツ、ズボン、上着と身繕いし、首が寒いので、手に触れたモノを巻き、孫達を促して外へ出た。消防車がきて放水している。路面を何本もの脹《ふく》らんだホースが交叉している。水飛沫のなかで、なんと、娘はパジャマのまま、消防士と一緒になってホースを引っ張っている。近所の人達もアレヨアレヨと遠巻きにみているのに、誰に似たのか、変わった娘である。

ともあれ、消火作業が早かったので、類焼することなく鎮火した。

火の出た家は、孫の健太の同級生の家であった。もちろんのこと、学用品も衣類もすべて焼けてしまった。鎮火してほっとしたとき娘は、

「健太、そのGパンお脱ぎ」

と、有無を言わさず脱がして、さっさとその子のところへ持って行ってし

まった。パンツ一枚にさせられた健太は、

「あのＧパン、僕、一番気に入ってるのにー」

とベソをかいている。

お節介で慌て者、野次馬で早トチリ、とにかく陽気だけが取り柄の健太の母親ではある。昨夜、大事を知らせてくれた男性にお礼を言わなければと、娘はその人を捜し廻ったが、

「あんなギョロ目の人は、この近所には居ないんよ。何処の人だったんだろう？」

と首を傾げている。二、三日経って、

「パパ、パパ、オドロキ！　あのギョロ目の人は、隣のおじさんだったんよ」

私は驚いて、

「どうして！　隣の御主人は糸のように細い目ではないか」

と言った。娘は、

「ウン、普段はギョロ目じゃないんよ。火事に驚いてあんな目になったの」

と言う。

やはり驚いたり、恐い目に遭うと、顔も目付きも変わるということか。

「それより、パパはあの火事の晩に、何でアスコットタイなんかしてオシャレしとったん？」

そうか、夢中で首に巻いたモノが、アスコットタイであったとは――。

パジャマ姿で消防士に交じって奮闘している娘と、アスコットタイで見物（？）している私と、これはどう考えても、私の方が分がわるい。

澄子叔母

父は五人兄弟であったが、今は三男の茂叔父と末の澄子叔母だけになってしまった。三月に岡山の備中高松にいる茂叔父に逢いに行った。八十歳であるが、まあまあどうにか元気というところである。目が悪く視野が非常に狭くなっている。胃潰瘍を患ったことがあって、時々具合が悪くなるそうだ。余り無理をせず、食べ物にも気を配って長生きして貰いたい。

又、五月には倉敷の玉島《たましま》に住んで居る、澄子叔母を訪ねようと思い立った。

七十五歳である。午後一時二十九分松山発、特急「しおかぜ」に乗り、岡山で山陽線下りに乗り換え、新倉敷で下車、タクシーで玉島まで行く。

子どもの頃、海だったあたりが工場地帯になっている。昔の面影はなく、唯、叔母の住んで居る小高い丘だけが、昔のさまを残していた。

叔母の嫁いだ家は代々神職で、今は叔父の跡をついだ従兄弟の典彦君が、神主を務めて居る。その夜は、窓から見える遠くの海を眺めながら、叔母と二人で食事をし、昔のことを懐かしんだ。

「もう、古いことはみんな忘れてしまって……」叔母はそう言いながらも、父や叔父達の思い出をトツトツと話してくれた。それは、尽きる事なく続いたが、典彦君がやってきて「ちょっと、町まで行こう」と誘うので、出かけることになった
玉島は古くからの港町で商人も多く、小さいながらも栄えた活気のある町

である。

「良寛さん」の住んで居た円通寺のある町としても有名だ。典彦君は夜の町へよく出かけるらしく、店の女将や、呑み客にも顔なじみのようであった。キープしてあるボトルの札を指さし、「これ、わかる?」と聞く。「カンチャン」とある。「わからん」と言うと、「神主のカンチャン」と、おどけて言った。何やら、おかしさが込み上げてきた。

真剣な顔で祝詞《のりと》をあげている典彦君と、酒をのみ、屈託もなく唄っている典彦君、二つの顔の対比がおもしろい。だが、よく考えてみると、神主は職業であって、一般の人と別に変わりはないのである。

私が小学生の頃は、夏休みになると、必ずここ、玉島にきた。叔父も叔母も若く、典彦君はまだ生まれていなかった。叔父は子ども好きで、親戚の従兄弟達が十数人も集まるのを常とした。食事のときは、和裁の長い裁ち台の両側にずらりと並んで、それは賑やかであった。叔父は毎日私たちを連れて、干潟のシャコ、蛤、蟹、蛸などを取りに行き、夜は灯を点してベイカ掬いと、色々教えてくれた。それだけではない。トランプ、カルタ、花札、二十の扉など、遊びを次から次へと教えてくれる素晴らしい大人であった。

何かの話のとき、オナラの話になった。

「叔父さん、御祈禱してる時、オナラが出そうになったらどうするの？」

と私が聞いたら、

「うん、そんな時は、太鼓を強くドンドン、ドンドン敲《たた》きながらヒルんじゃ」

と言った。

昔の叔父を思い出し、典彦君はやはり〝叔父の息子だなー〟と、しみじみ思った。

予定は澄子叔母の話を聞くことだけだったので、翌日は自由な時間ができた。

「有元利夫展」が奈良で開かれているのを思い出し、足を延ばすことにした。

翌朝、叔母と典彦君が新倉敷駅まで送ってくれた。倉敷銘菓の「むらすゞめ」を手渡してくれながら、叔母は「節ちゃん、又来てね」と、細い声で言った。急に胸が熱くなって涙が出そうになった。わざと明るく、叔母の手を取って言った。

「又来るから、元気でおってよ」

ホームで見送るのは悲しいからと、叔母はそう言って、改札口に佇む。去り難い気持ちを抑えながら電車に乗った。改札口の澄子叔母が殊更小さく見え、やがてそれも見えなくなった。

車窓の潤んだ風景が、容赦なく過ぎ去っていく。

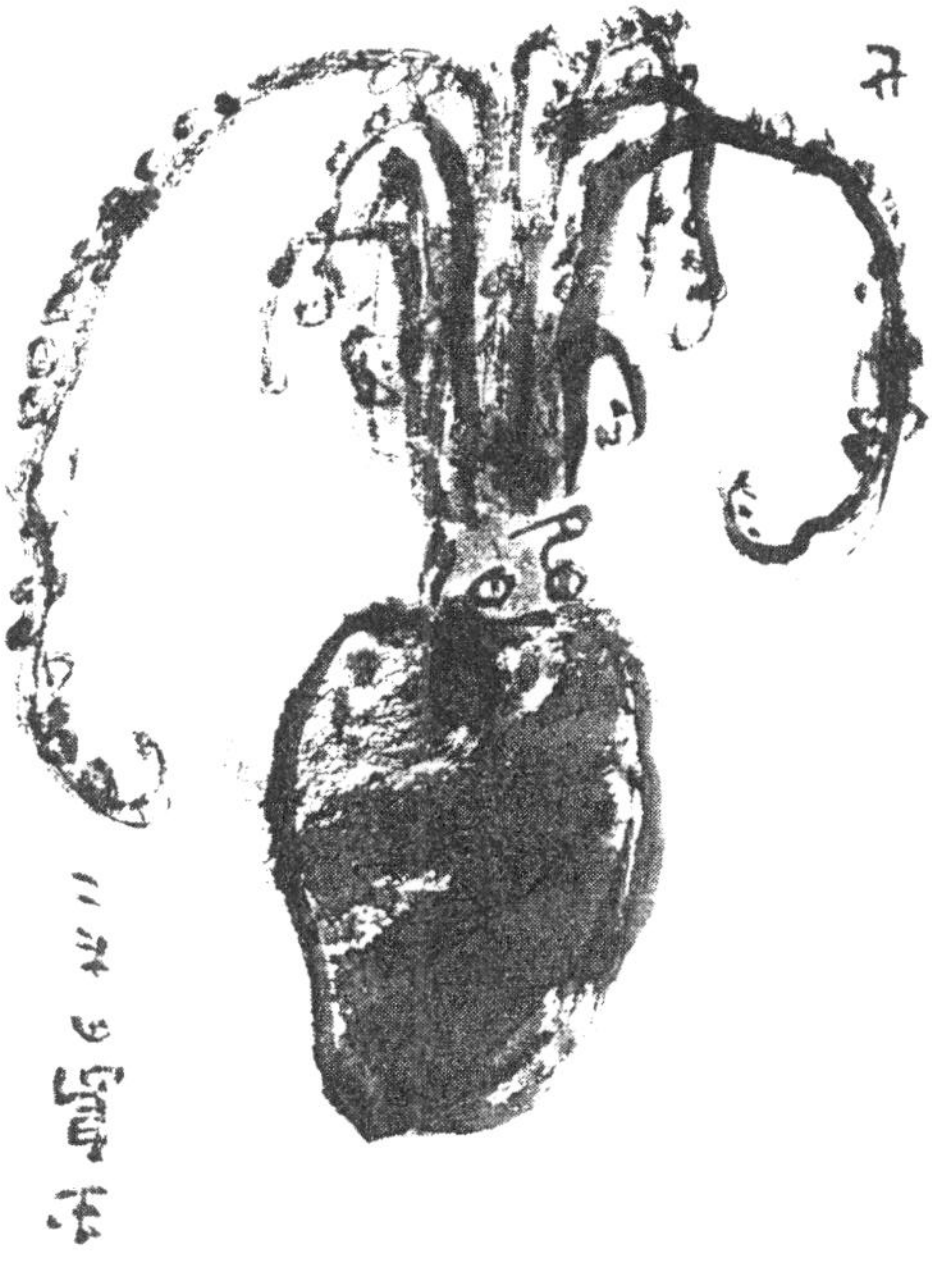

セツローさんの画帳から

ヤマブキ

アメリカハナミズキ

ワスレナ草

ホトケノザ

リュウキュウヨイマチ

ギボウシ

琉球玩具

地蔵（油彩）

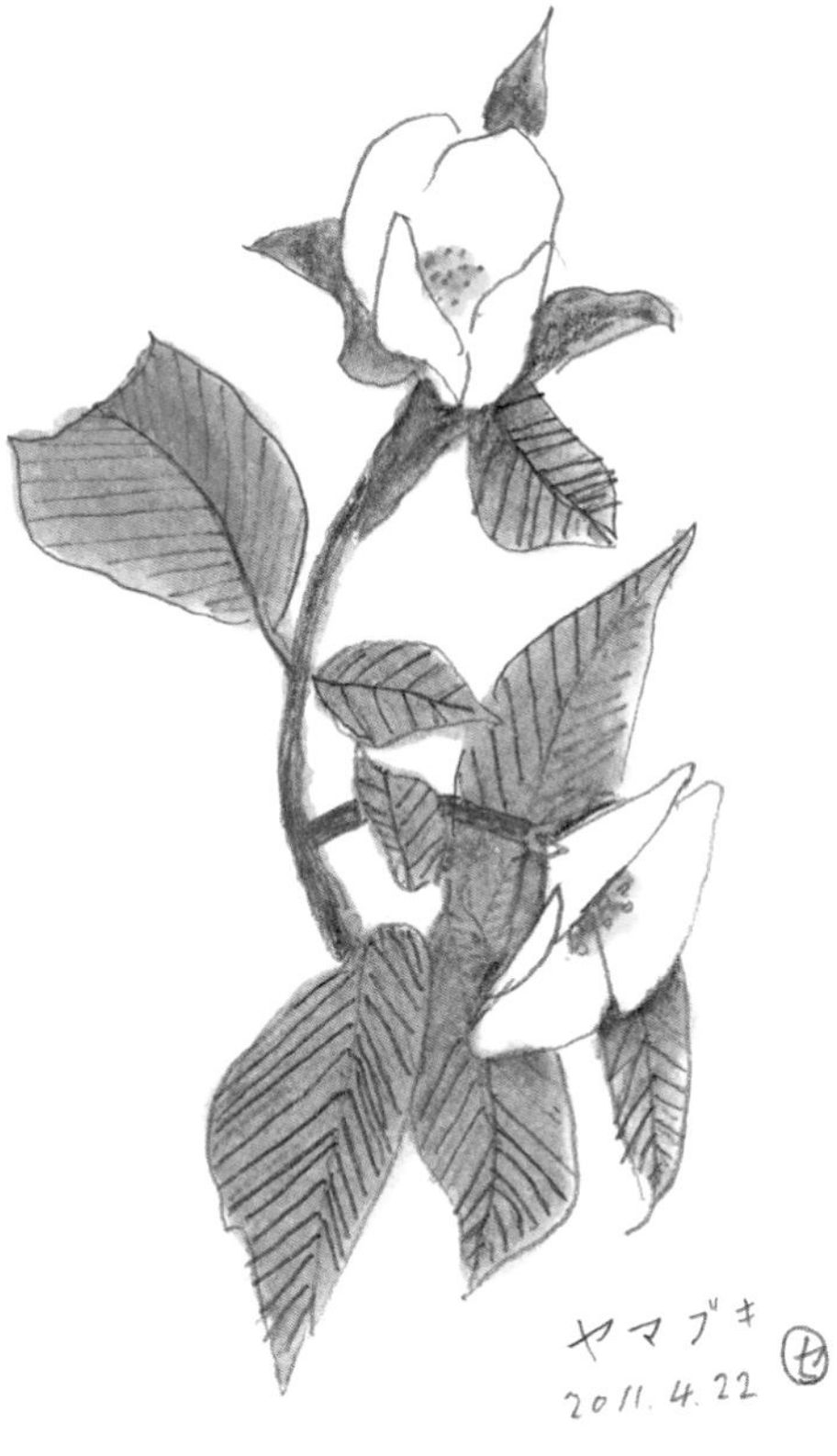
ヤマブキ ㋖
2011.4.22

アメリカハナミズキ
2007.4.28

ワスレナ草
2013. 4. 11. ㋝

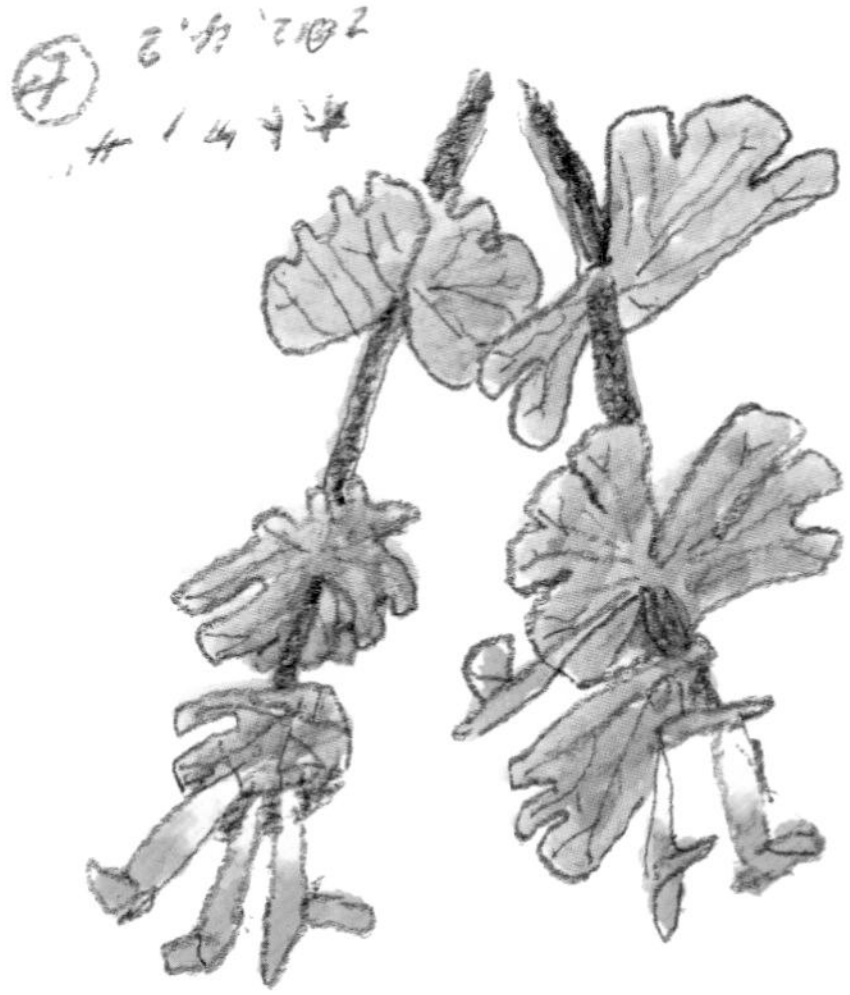

リユウキユウヨイマチ
2011.6.14 セ

ギボウシ
22.7.1

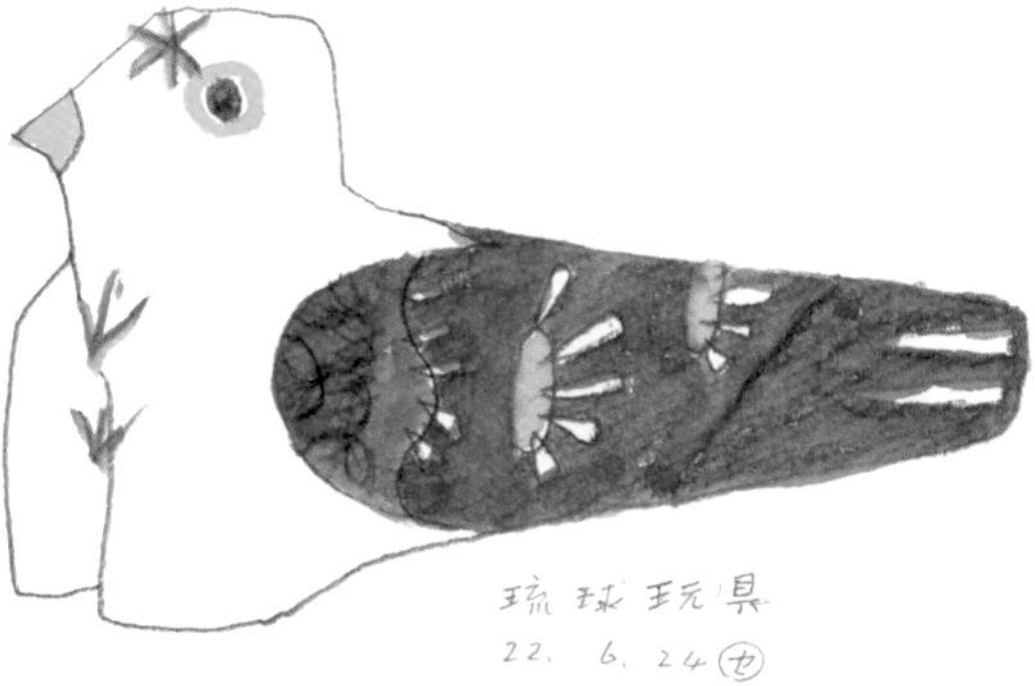

琉球玩具
22. 6. 24 ㋝

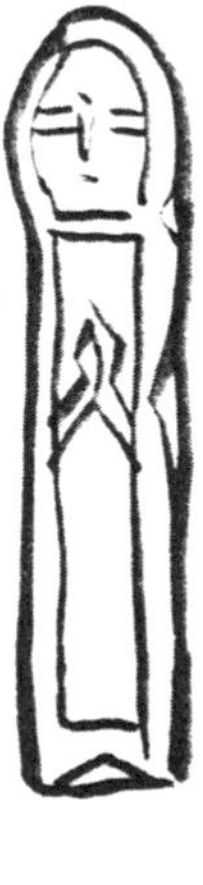

与論島ノ土人形

機雷

大竹海兵団で三ヶ月半の特訓を受け、輸送船に乗った。山濤丸、七千数百トンの大型船、主に日本海を日本と、朝鮮半島羅津《らしん》の港を、航路としていた。日本から軍の物資を運び、帰路は、米、とうもろこし、大豆、こうりゃん等の穀物を積んで帰って来る。

船員は三十名位と、我々、海軍の警備兵十名の小人数の乗組だ。船のおもてと、ともの甲板に十三ミリの機銃が据え付けてある。これを操作して警備にあたるのが我々の任務で、三名ずつ交替で二十四時間勤務である。実戦に使用することはなかったが、一度だけこの機銃を使ったことがある。

一月、大陸からの季節風は激しい。波の高い日だった。船が波の間に入ると両舷は屏風になり、波濤は飛沫となって散り上がる。前半分の船底が海面から浮き上がり、落ちるときは、凄まじい音を立てて海面に叩き付けられる。二つに折れないのが不思議である。その時、見張員が、

「前方に、浮遊機雷ッ！」

と叫んだ。波浪に見え隠れしている球形の機雷は、角が三本あって、普通、水面下二メートルの所を漂うように、ワイヤーで固定してある。航行中の船がこれに触れると角が折れて、海水が機雷に入り、電流が通じて爆発する仕掛けになっている。古くなると固定したワイヤーが切れ、浮き上がったのが、朝鮮半島に沿った海流に乗り、日本近海まで漂ってくる。これを発見すると

直ちに機銃掃射で爆破するのも、任務の一つであった。

直ちに下士官以下我々は、銃座に就いた。

「撃てーッ」の命令で、狙いを定めて射撃するが弾は全く当たらない。

船は激しく上下左右に揺れ、機雷も浮いたり沈んだり、距離もあるし、万に一つ当たるとすれば、それはマグレである。下士官は、

「下手くそーッ。のけぇーッ。わしがやるッ」

と言って射手を押し退け、

「ダッ、ダッ、ダッ、ダッ、ダ、ダ」

とやたらに撃つが、弾は矢っ張り当たらない。我々三人は、下士官の顔を見て噴き出しそうになったが、ここで笑うと拳骨が飛んで来るので、下唇を嚙んで必死にこらえた。

「波が激しいから、今日は駄目だ」下士官はそう言って銃座を下り、機雷の

位置を報告するよう命令した。

輸送船の警備の任務で、こんなに緊張する場面は滅多に無い。毎日、時間を持て余していた。船員室で若い人達と故郷の話をしたり、花札、トランプに夢中になる日が続く。

船員達も当直以外には仕事もなく、それぞれが勝手気ままに過ごしていた。賭場を開帳しているグループもあった。さいころ、花札、トランプなど使うが、トランプのAから10までの数字カードでやる「おいちょかぶ」が一番盛んだった。

このゲームは親と子に別れてやる。親というのは鉄火場では胴元だが、船員仲間では、やはり甲板長あたりだったと思う。

親の9とAで「九ピン」と言い、これが一番強い。子は、二枚、又は三枚のカードの合計で、末尾一桁が、九になれば「かぶ」になる。それぞれの数には呼び名がついていて、八が「長兵衛」、七が「七けん」、六が「六ぽう」五が「ごけ」、四が「新兵衛」、ゼロが「ぶた」という。又「かぶ」は札の数字の組み合せで、「八ぴんのかぶ」「七二のかぶ」「六三のかぶ」「五四のかぶ」等と言い、二枚のカードで五以下のときには、カードをもう一枚貰うことができる。例えば二と三のカードを持っていて、四を引き当てると九になり、「二《にい》、三《さん》、四《よ》っておゆきは、吉原《よしわら》のかぶ」などと、はやされるのだった。

親は「張った張った、張って悪いは親父の頭、張らなきゃ食えない提灯屋」と景気を付けながら、場に四枚のカードを上向きに並べ、別にもう一枚自分のカードを取って置く。

子は好みのカードに金を張る。次に親は、場のカードの上に伏せたカードを一枚ずつ配る。それぞれ二枚のカードを手に取ると、真剣な目付きでカードをずらせながら数字を読む。

ハッカハッカ
ハゲテワルイハ
オヤジノアタマ
ハラナキャ
クエナイ
チョウチンヤ

緊迫した瞬間である。

親に勝負をしかけて、勝ったら張った金が倍になる。負けると持っていかれる。

親は全員に勝つと一攫千金で儲かるが、落ち目のときは瞬時にオケラになってしまう。

場にも名前があって、幼稚園、大学と、別れて開く。大学のほうは大金が動く。

その大学の場でオケラになった人は、幼稚園の場で小銭を賭ける。

スッテンテンのオケラになっても、船中だから飯の食いはぐれはない。勝って儲けても散財する所もない。

貸しはご法度で、現金のない人は場に加わることは出来ない。オケラになったら、自分の大事な洋服や靴を、何とか、同僚に買って貰い、それを又賭けるのである。

博打をする人も決まっているし、それぞれの持ち金も限られている。一定の金が行ったり来たり、品物も行ったり、来たり、何の事はない、それだけのことである。

長い航海の日々、最大の娯楽であるが、海軍では、賭博を禁止していたので、僕はこれに参加した記憶はない。見ていただけである。

それにしても詰まらん事をよく覚えているものだ。

水葬

「左九十度に、魚雷ッ」

と見張員が大声で叫んだ。その時、運よく本船は港へ入るため、面舵《おもかじ》一杯で航走していた。船が右へ四十五度を向いたとき、僕は船のおもて甲板にある、十三ミリの機銃座で海面を見ていた。船首の数メートル先を、真鍮色の魚雷が物凄い速さで進んでくるのが見え、白いペンキで書いた横文字がはっきり見えた。船首側に一発、船尾側に二発来た魚雷の魔手から、本船はやっと逃れたが、魚雷は港の一文字防波堤に激突した。大音響とともに大きな水柱が立ち、一瞬、夢を見ているような感じになった。

昭和二十年春、僕は軍用物資の輸送商船に、海軍から警備兵の一員として任に着いていた。魚雷と遭遇したのは日本海。朝鮮半島の北東部、羅津へ入港の時であった。

その頃、既に戦争はのっぴきならぬ事態になっていて、濃い敗戦色のなか、「一億総決起」だとか、「本土決戦」だとか叫ばれていた。皇国少年であった僕は、進んで海軍に志願し張り切っていた。

十六歳であった。これまで身近かに死んだり、負傷した人もなかったから、実感として、死の恐怖を感じることもなかった。だがそれから一ヶ月後、友人の死で、悲しい別れを経験することになる。

入港した翌日、陽気なMが、

「魚雷の当たった堤防に行ってみんか」

と言う。私も行ってみたいと思っていたので、早速、てんま船を繰り出した。

近づいて見ると、突堤はまるで修羅場であった。白々したコンクリートの残骸は、春光に鋭い切り口をモロに曝している。想像以上の破壊力である。辺りを見まわすと、貝や、雲丹や、海草が散乱している。

「おい、この雲丹は食えるぞ、持って帰ろう」Mの太い声がする。

Mの出身地は山口県の日本海側。漁師の息子だから、海のことはよく知っている。バケツに一杯、雲丹を拾って船に持ち帰り、仲間や船員達とたらふく食べた。

「アメリカの潜水艦のお蔭で、雲丹が食えるとは、思わんかったねぇやー」

Mが笑わせる。

僕と一緒に乗り組んだYが、急病で倒れた。心臓が悪かったらしく、一日病んだだけでアッケなく死んでしまった。

皆で甲板に祭壇を作る。僕達も船員達も黙々と動く。左舷側に出来上がった祭壇の板の上に、Yの遺体は安置される。金網で作った舟形の籠に、白布を何重にも巻かれて、Yはミイラのように横たわっている。

葬送のお経がとなえられ、全員直立不動で敬礼。読経の声も強い季節風に掻き消され、波濤は砕け、吹雪のように真横に飛んでゆく。お経が終わると次々に焼香したあと、二人の同僚が敷き板を除々に持ち上げる。板が滑り台になって、Yは、水音とともに海中に見えなくなった。低い汽笛が「ボー、ボー」と鳴る。Yの落ちて行った海面を、船は悲しい別れの汽笛を鳴らしながら三回廻った。

死、とは何か、深く考えたこともなかった僕も、この時、初めて大きなシ

ョックを受けた。僕だけではない。この水葬の儀式には、船全体が衝撃を受けていた。

何日かの間、仲間達は無口でしょげ返っていた。いつも陽気なMも、冗談も言わない。

次の寄港地、清津《せいしん》に着く頃になると、皆、少し元気を取り戻した。

「おい、上陸して山へ行こう。何時までもふさぎ込んどったら、体にわりいちゃ」

Mがそう言って、遠くの空を見た。

僕等は上陸し、目抜き通りを歩いてみたが、店に商品はなく、人通りもない。人の気配はあるのに姿は見えない。何とも不気味な雰囲気であった。なだらかな山へ登る。樹木のない斜面に、スズランが一杯咲いていた。その花の中へ、Mと僕は仰向けに寝転び、黙って雲の動きを見ていた。

「親父は、元気で、漁に出とるかのおー」突然Mが言った。
朝鮮の空も、山口の空も、きっと、同じ色だったに違いない。

「これは団子です」

堀江で刃物鍛冶をしている白鷹幸伯《しらたかゆきのり》さんと親しくなった。

僕の生家は金物商で、刃物全般、農具、大工や左官の道具などを商っていたので、話が当然、刃物のことになった。土佐の刃物、播州三木の鋏、越後三条の刃物など、僕が話し出したから驚いただろうと思う。砥石も置いていた。砥石といっても、荒砥、中砥、仕上げ砥とあり、大工さんが買いにきて、青砥や本山《ほんやま》砥石の上等な仕上げ砥を手に取り、唾を指で擦り付けては、一人頷いたりする姿を見たことがある。

僕は、歩けるようになった頃には、もう商品の釘や金槌で遊んでいた。だが、刃物はまだ持たせて貰えなかった。小学生になった頃は、切出しや肥後《ひごの》守《かみ》（折り畳みナイフ）を砥石で砥いで、竹や木を削って遊んでいた。

父は稲刈りが近くなると、土間にドンゴロスを敷き、その上に座布団を置き、あぐらをかいて、鎌の刃を柄に嵌める仕事をする。

土佐の鍛冶屋から送ってきた稲刈り鎌の刃を、柄の先に嵌めた鉄の輪が締まるまで、「トントン、トントン」鎌の峯を叩く。刃が納まると実際に稲を刈るように動かしてみて、角度を調節する。そのあと、目釘を打つ。目釘の穴は一つで、柄の上からでは見えない。僕は不思議であった。見えない穴にたがわず釘を打つ父に、

「とうちゃん、どうして穴がわかるの」

と聞くと、

「やっとったら、わかるようになるんョ」

と、こともなげに言う。父がこの仕事をしているとき、僕が何かに足を引っ掛けて転んだ。そこに鎌の刃束が上向きに置いてあったからたまらない。向う脛を深く切って血が迸《ほとばし》った。父が大声で母を呼んだ。

母は、手早く血を拭き取って消毒液を塗り、ヨードホルムの粉末をパラパラとかけて、絣の布切れを巻いてくれながら、泣きおらぶ僕に、

「すぐなおる、すぐなおる」

と、おまじないのように言ってくれた。

刃物では幾度も怪我をしたことがあるが、父も母も、「店の売り物を持ち出してはならん」とか「危ないから駄目」とかいうことは一度も言わなかった。切出しナイフを研いでいると、父が横で見ていて、

「切出しはなー、こっち側を三べん研いだら、反対側は十ぺん研ぐと丁度ええんじゃ」

と、教えてくれたのを覚えている。

今でも刃物や道具が好きである。

白鷹さんとは知り合って以来、今も親しくお付き合いしている。

「釘立ち」という遊びがあった。雨降りのあと、柔らかくなった土に五寸釘を、思い切り投げて突っ立て、陣を拡げていく。よく立つように、釘の先をグラインダーで鋭く尖らせ、それが宝物であった。交互に立てながら相手を追い詰めていき、釘が立てられなくなったら負けで、大事な釘は取られてしまう。

僕の家は釘樽を幾つも並べて売っているので、負けても心配はない。だが、僕はこの遊びが得意中の得意で、負けた覚えがない。

小柄だった僕は、体力を必要とする遊びは不得意だったが、小柄でも勝てる遊びは幾らでもあった。鉄棒は大車輪、逆車輪はお茶の子さいさいで、体の大きな奴等が目を見張る。

長距離走も、太っちょの友達は汗びっしょりで、青い顔をしてヨタヨタ走る。僕は汗もかかず走り通せるのであった。跳び箱、平行棒、前方回転、空中回転いずれも得意。

体操の時間は僕の天下であった。一方、苦手は書き方と図画であった。書き方の先生は女先生で、僕は何か、悪ふざけをやったらしく、先生を怒らせてしまった。机の間を先生が朱の筆を持って、次々直しながら廻ってくる。友達はみんな丁寧に見て貰えるのに、僕のところは知らぬ顔をして素通りする。それ以来ずっと書き方は嫌になってしまった。

その頃の図画の勉強は手本を写すことで、手本の絵に似ているほど、点が良い。

ある日の図画の時間は、写生であった。何時になく僕は、浮き浮きして、校門とその前にある松の木を描くことにした。

「ヨシッ。勢いのいい松にしよう」

松は、緑の塊の葉を縦に三ツ、それに茶色で幹を描いた。夢中でクレパスを使う。出来上がった絵は、我ながらよく描けたように思った。

先生は、集めた皆の絵に一枚ずつ目を通している。

その中から、僕の絵と、もう一枚を抜き出した。僕は（しめた！）と思った。

やがて先生は僕等を集め、最初、友達の絵をかざし、

「この絵は、非常に丁寧に描けています。とても良い絵です。皆さんもこん

な絵を描きましょう」

次に僕の絵を見せて、

「これは、でたらめな絵です。こんな木はありません。これは、団子、です」

僕はがっかりした。

鮎

五月も中頃になると仕事が手につかなくなってしまう。

六月一日、鮎漁が解禁になるからだ。その日のための準備に大わらわで、休日には、庭に三間半ぐらいもある、つなぎ竿を出して、磨いたり、振ってみて、弾力を確かめる。

毛鉤の毛の具合を調べたり、並べ替えたり、楽しい一時である。

解禁日には川まで行って、流れを見て、水が多いトカ、少ないトカ、濁っているトカ言いながら、釣り場所を決める為に歩き廻る。

鮎漁には、網、友がけ、どぶ釣り、しゃくり、ヤナ、等いろいろあるが、重信川では網と、どぶ釣りが主で、僕はどぶ釣りが性にあっていた。どぶ釣りには毛鉤を使うが、これが美しい。その上名前がいい。今、記憶しているものをあげると、お染、久松、お染二の字、永楽、中金永楽、青獅子、赤獅子、八橋荒巻、八橋小巻、暗烏、如月、あみだ、あやめ……などがあり、天候、水量、温度、透明度、朝夕、で鉤を使い分ける。鉤が合えば付け食いする程釣れるというが、僕は場所によって変える程度で、あまり考えることはしない。

なぜなら、魚は色を見分けることは出来ない。明暗だけしか見えないのだと、信じているからだ。

友釣りは、おとりの鮎に鼻輪をつけ糸に繋ぐ。それに流し鉤をつけて泳がせる。瀬にすみついている野鮎は、侵入者を追い払う習性があるから、やっきになって体当たりしているうちに鉤に掛かる。

しゃくりは、二本の鉤をイカリの形に作り、十本位を二十センチ間隔で重りから下へ仕掛け、水の底を流し、竿を川上の方へしゃくるように引っ張る。川底を泳いでいる鮎の腹に鉤は引っ掛かる。この漁法は、県令で禁止のところがあり、愛媛県では許可されていない。

僕が夢中になっていた頃は、朝五時には起きて、出勤までに川へ行く。仕事を終えてすぐ飛んで行く。その頃は石手川の中村橋の下でも釣れた。仁《に》淀川《よどがわ》、面河《おもご》川《がわ》、加茂川、肱川《ひじかわ》、重信川など、休みの日には必ず川にいた。昭和三十年代のことである。

鮎に纏わる話は、小説でも時々見かける。最近読んだ夢枕獏の『鮎師』。これは巨大な鮎を追い続け、病に倒れても尚、執念を燃やす男と、川の主との友情にも似た話である。男には永年追い続ける一尾の大鮎がいた。何度も対決したが、勝負は付いていない。そのうちまるで恋い焦がれるような不思議な感情が生まれてくる。

「必ず俺の手で上げて見せる」「奴もきっとそれを望んでいる」

夏が幾度か過ぎ、男は病に倒れ、病院にいれられるが、抜け出しては川へ通い、遂に釣り上げる。大鮎は意外におとなしく上がってきた。老人の目と鮎の目の間に何かが飛び交った。

「終わったな。俺もお前も、歳をとった」

ここまで読んで僕は何だかわからない感動を覚えた。

老人は、大鮎の姿をまな裏に焼き付けるように眺めたあと、静かに川へ放した。

大島昌宏著『九頭龍川』は、北陸地方の大地震の折、川で鮎漁をしていた両親を失った娘が、祖父の厳しい指導で、女鮎師に育ってゆく苦しい過程と、若い陶芸家との愛の芽生えを絡ませた佳作であった。

話が脱線した。元に戻そう。

重信川の釣り場にもそれぞれ名前があり、出合橋の下は、土管場、藪下、鉄橋下。

少し上のほうが、門樋、大場。ずっと上が、中河原、一本松、いずみ。釣具店で出していたガリ版刷りの「鮎釣の栞」に釣場案内があった。その中に「いしやなげ」という所がある。「石屋」ではなく「医者」だろうと思う。石屋を投げても、面白くもない。医者を投げたほうが話としても面白い。昔から鮎釣りをする医者が大勢居たそうだから、釣り場所のことか何かで争って、川へ落ちたのかもしれない。

大体、場所の名前など、そんなもんだ。

俗に鮎は、「香魚」とも言われ、独特の香りを放つ。西瓜の香りに似ているという。又、「年魚」とも言う。春に海から遡上して川の上流に住み、秋、河口へ下って、ぐり石と粗い砂の混じった場所に産卵する。オスは腹が蜜柑色になり、「追星」と言われる斑点ができ、メスを誘う。オスは二十尾ぐらいが集団で行動し、メスの放卵を促す。

メスの体を上から押さえたり、横から押して刺激すると、メスは弓なりになって、体を震わせ産卵する。感動の瞬間である。魚にも、厳かな愛の表現がある、と、僕は思った。

二週間で孵化した稚魚は、海へ出て過ごし、海中のプランクトンや昆虫を食べる。やがて春になり、川を遡上する頃には五センチほどになって、唇に鋸状のギザギザが出来る。

その昼で、川底の石に付いている「けい藻」や水垢を削り取って食べる。鮎が「けい藻」を食べるのは日中で、体を横にしてくねらせ、石を擦るように、何回も何回も繰り返す。白い腹が水中でキラッ、キラッ、と光るさまは、何とも言えないくらい美しい。

「けい藻」を削り取った後形を「鮎のはみあと」と言う。ベテランの鮎師は、この「はみあと」から鮎の大きさや、数を知る事ができるそうだ。

「はみあと」は、僕も見たことがある。笹の葉の形で、縦に細かい縞模様がある。

八月になり水が少なくなると、川底の石が出てくる。乾いて白くなった表面に、無数の笹の葉の形を見ることができた。それは、美しいだけではない。何とも言えぬ、愛おしさ。厳粛な気持ちが込み上げてきて、胸を打つ。短い一生を、子孫を残すため、けなげに生き抜いた鮎のしるしだからである。

鮎の はみあと

漆

昼間、ふとテレビを見ていると、

『ミミズにオシッコをかけると、チンチンが腫れる。ほんとか嘘か』

という番組をしている。テレビもなかなか面白いものを取り上げるようになった、と思いながら見た。

レポーターが、農家を尋ねて、聞いている。

「〝本当〟と思いますか？」の問いに、

「あれは、本当に腫れますなぁー」

「ほんとです。やられた事があります」

「腫れます」

殆どが、腫れる説である。

次は、腫れたときの、治療法について聞いている。

「かけたミミズを水で洗ってやる」

「他のミミズでもいいから、水で綺麗にしてやる」

だが、別の意見は、

「あれは、土を柔らかくして、田畑を耕してくれる、大事な生き物だから、そのミミズを、殺さないようにするために言ったものだわなー」

と、いうのもあった。

医師に腫れる説を聞いてみると、

「ミミズにかけたからといって、腫れるものではないのですが、ミミズを見つけた、ということは、それまでに土を掘ったり、石を転がしたりして、汚れたのに触れている。その不潔な手でオシッコをすると、大事なところに菌がついて炎症を起こす。特に子どもの場合、包皮されているので炎症をおこしやすい」

のだそうだ。

私も少年の頃からこの事は知っていた。友達のなかには、知っていて、わざとやるのがいた。すると、やはり二日目位に腫れている。川岸に並んで一斉に放水し、誰のが一番遠くまで飛ぶか、など、しょっちゅうやっていたので、腫れた子がいると直ぐわかった。

初夏になると、森へ行き、土中の蟬取りをする。地面の蟬の穴を探し、指を突っ込んだり、棒で探ったりする。深くて届かないときは水を入れると、蟬は息苦しくなってのそりのそりと出てくる。近くに水がないとき、悪ガキの一人が自前の液体を放水する。蟬は、いやーな顔をして這い出てきた。その蟬をどうしたか、さっぱり記憶に無い。

朝、登校してみると、顔が腫れ上がって、目が糸のようになってしまった友達がよく居た。「漆にカブれた」「銀杏に負けた」「櫨《はぜ》にやられた」など、てんでに言って、青ばなを啜り上げる。耳から膿が出ているものもいる。

こんな情景は、別に珍しいことではなかった。現在はこんな子どもを見かけることはない。清潔な環境で、常に親の目が行き届いている。低学年から、塾、お習いごとのハシゴをして、本人達は結構これになれて、ハードなスケジュールを文句も言わずこなしている。

中に、一人や二人は、

「ぼくは、塾も習い事も、せん!」

と言って、意地を張り通すような子が出てこないものかと、昔の少年は、期待しているのである。

私は最近、絵を描くあいまに、鉈《なた》を使って木を削り、鳥やら魚を作って楽しんでいる。これが結構面白く、絵はそっちのけで、こればかりやっている。鉈だけで削ると細かいことは出来ないが、ハツリ目の豪快さ、稚拙さが巧まない面白味を出してくれる。これに墨や柿渋を塗り、竹べらで擦って磨く。サンドペーパーやニスは使わない。素朴な作品にしたいからだ。

ある日、ふと、これに漆を塗ってみたくなった。

早速、木工をしている若い友人に「ふき漆」の方法を教えて貰った。

「素人が使用する場合、チューブ入りを買って、油絵用の筆で塗れば良い。だが漆にカブれる人があるので、肌に付けないように充分注意するように」

と、アドバイスを受けた。私は長袖のシャツにゴム手袋をして慎重に作業した。ふき漆は、塗ってすぐ布で拭き取って乾燥させる。これを何回も繰り返すのだが、乾燥には、ある程度の湿度が必要なので、ボール箱の底に濡れた新聞紙を敷き詰め、その上に桟を作り作品を置く。翌日は乾いている。回を重ねる度に色艶が出てきて、ワクワクしてくる。

この作業を毎日続けて、一週間目頃、「私は漆にはカブれない体質なんだなー、何も心配することはなかったなー」と思った。それで少し横着になったのがいけなかった。

漆が手の甲や指に着いても、布で拭き取るぐらいで、気にもしなかった。四、五日たってまず、手の甲に湿疹が出始めた。その翌日には手の甲はますます丸く脹らんで、握っても力が入らない。それればかりか、腹も首筋もムズムズしてたまらない。

「こりゃあ、大変だ」

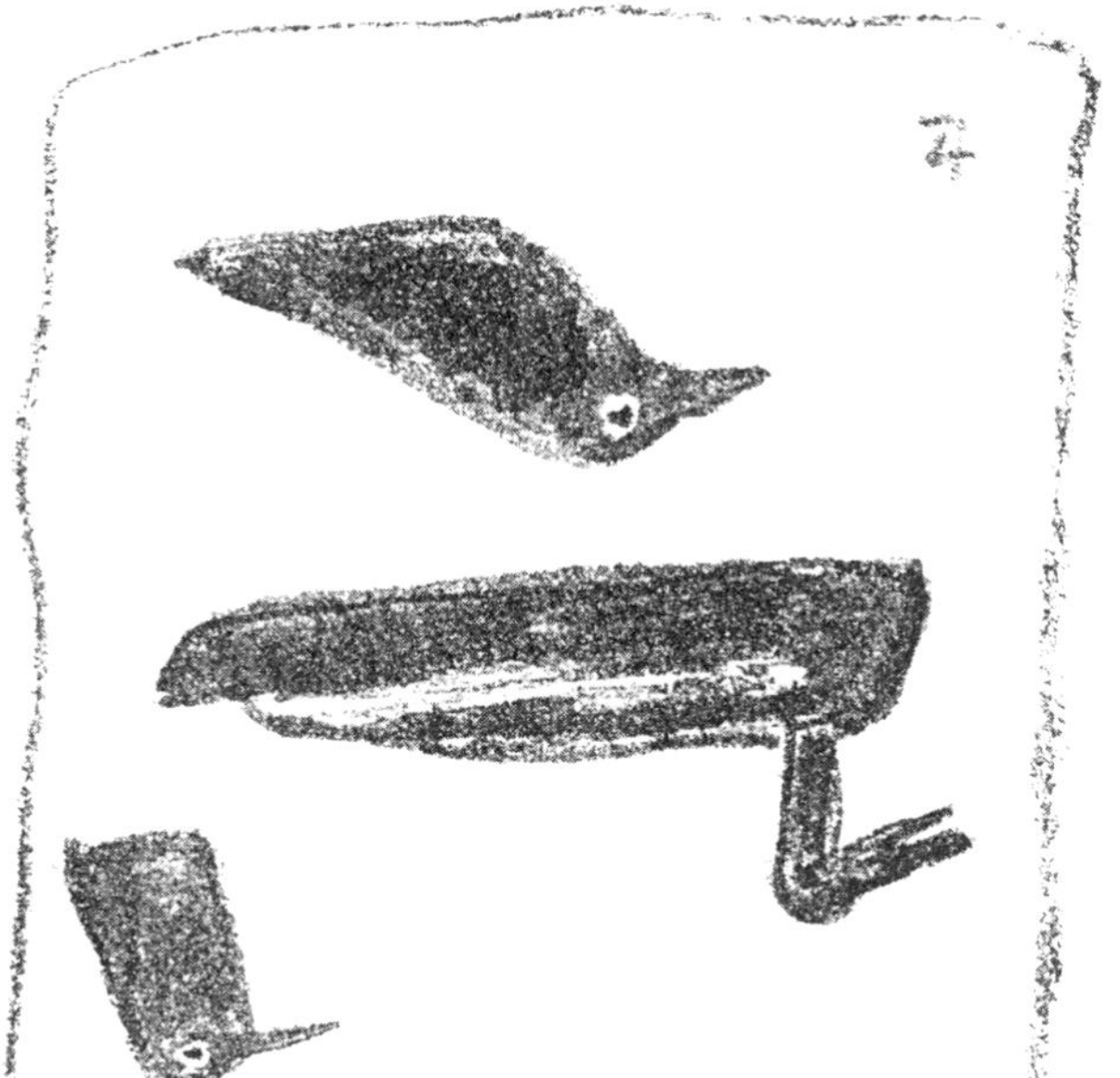

すぐに、抗ヒスタミン軟膏を塗ったり、熱い潮水に浸けてみたり、果ては、「蟹を食べたら良い」等、教えて貰ったことは全部してみた。

だが、湿疹はなかなかひかない。小便に行ってみると、なんとなく具合が悪い。少し腫れている。

「うーん。そう言えば、漆を塗っている途中で、用足しに行ったなー」

独り言を言いながら仰向いた。

その時、ふと、左の側頭部に、少年の日のミミズがよぎった。

三人の叔父と祖父

映画監督になりたかった三男、茂叔父

仕事の帰りに、デパートの地下の、食品売場を通ってバス停へ行く。その通路に酒類販売コーナーがあって、何気なく酒の銘柄を見ていると、灘の「黒松剣菱」が目についた。酒好きの叔父がこれを飲んでいたのを思い出し、ためらわず買い求めて帰る。家内が驚いて、笑った。下戸の私は、今

まで酒を買って帰ったことはない。

その夜、岡山の茂叔父に電話をしたくなった。

「もしもし、叔父さん元気？　からだの調子はどう？」

明治四十四年生、八十歳である。祖父の三番目の息子である。

昭和九年に、早稲田大学の英文学科を卒業したこの叔父は、祖父に呼び戻されて、岡山へ帰って来た。長男である私の父との、もめ事があって、祖父と茂叔父の二人で農機具屋を分家するためであったという。

茂叔父は、大学時代、映画に夢中になり、小津安二郎に傾倒し、映画監督になる夢を抱いていた。卒論も、「映画芸術の基礎理論」であった。

帰って来た叔父は、仕事はせず、毎日本ばかり読んでいたという。

岡山から津山線で北へ行った所に、福渡《ふくわたり》という小さな町がある。ちょうどその時、そこの中学校の教師を頼まれ、叔父は田舎の学校というのが気に入

S.ONO

って、引き受けた。

生徒には人気のある先生だったが、一風変わった教師であったらしい。色々、エピソードが残っている。

作文の採点に、全員に百点をつけて、同僚の教師に苦情を言われる。

「全員百点は困る。私の採点と釣合いが取れない」

「それでは、一割引きで、全員九十点ではどうですか？」

こんなトボけた所もある叔父である。

又、その頃は、アイスキャンデー売りが、珍しかった。

教室の窓の下を、自転車に大きな木箱を乗せ、赤地に白字を染め抜いた幟《のぼり》を立て、

「冷たいアイスキャンデー
冷たいアイスキャンデー」

と叫んで走る。

叔父は、そわそわしている一番前の生徒に金を渡し、「キャンデー買うて来い」

授業中に、先生も生徒も、夢中でアイスキャンデーをペロペロ嘗《な》めている図は、想像しただけでもおかしい。

半年で教師をやめた茂叔父は、結局、家業の農機具屋に落ち着く。

こんな茂叔父であるが、戦争中、中国にいた頃の栄養失調が原因で、目を悪くし、加えて、胃潰瘍の前歴があり、今は、あまり健康とは言えない。

「胃の調子は、まあまあというところだな」と、割合元気そうな声が返って来た。

小野家唯一の文化人で、私の美術に対する目を育ててくれた人である。私が二十歳頃から、煎茶を始めるようになったのも、叔父の影響だ。よく、備前の金重陶陽《かねしげとうよう》さんの窯へ遊びにいき、気に入ったものを持ち帰っていた。

その中でも、ボタ餅の宝瓶《ほうひん》、緋襷《ひだすき》の湯呑は逸品で、叔父にねだって、私が戴いた。

此れは、私の大事な宝物だ。

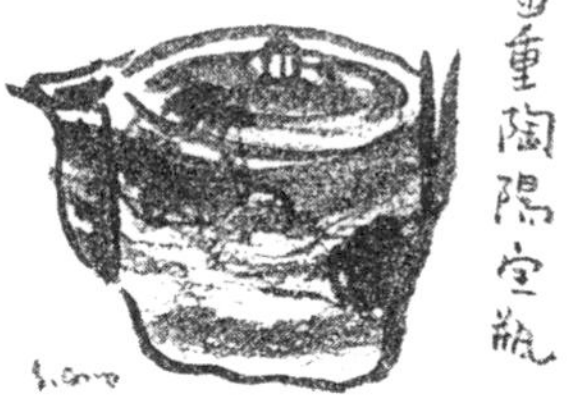

祖父は暴走族

私の生家は、代々商家である。祖父は養子で、小野家に入った頃は、松本屋という屋号で、主に、油とか、雑貨を商っていた。

その頃、電灯の普及によって、油の売上げが落ち込み、商売が成り立たなくなってしまった。祖父は、何とか建て直そうと、様々な商いに手を出すが、何をしてもうまく行かず失敗ばかり。数ヶ所あった土地も手放してしまった。

ある日、祖父は、

「わしは、アメリカへ行って一儲けしてくる」

と言って、余りの突然におろおろする祖母と、幼かった私の父、清と、次男の高夫を残し、単身アメリカへ渡ってしまった。

明治三十九年頃。祖父は、思い出話のなかでアメリカと言っているが、その中には、カナダも含まれているらしい。船がシアトルに着いたとか、デンバー、ネルソン、等の地名も出てきた。

アメリカでの仕事は、線路工夫とか、食堂の皿洗い、雑役夫等、その中で線路工夫は、三年くらいは続いたようだ。体格は、並みであったが、筋骨隆々としていた。

若い頃から柔術を習い、起倒流の免許皆伝で、備中の小天狗の異名を持っていた。

アメリカの線路工夫は、気の荒い連中が多く、喧嘩の絶え間がなかった。ある時、松ヤニを溶かしたものを背中にかけられ、怒った祖父は、紅毛の大男を投げ飛ばした。ヤンヤの喝采に煽《おだ》てられて、とうとう、アメリカ人のボクサーと、試合をする羽目になった。小柄な祖父と、二メートル近いボクサーの試合には、大勢の見物人が集まったそうである。

結果は、日本人工夫の期待を裏切り、ストレートを顔面にくって伸びてしまった。

「なんだ、じぃちゃん、負けたんか」

「なんせ、大けえけんのぉ。摑まえられんのじゃ。摑まえとりゃのぉ、も一寸はな、カッコついたかも知れんがのぉ」

幼かった私に、よく話してくれた、試合の顚末である。だが、遠い昔のアメリカでの出来事だから、「アメリカの大男を見事、投げ飛ばした」と、大《おお》法螺《ぼら》吹いてもわからないのに、けれん味もなく、負けたと話してくれた祖父を、幼な心に偉いと思った。

アメリカより幾許《いくばく》かの金を持って帰った祖父は、それを元手に、農機具、精米機などをつぎつぎ製作。それは、「うしんが」という牛に引かせる竿や、足踏み回転の、稲扱機《いなこきき》であった。

精米機も面白かった。四斗も入る水瓶の底に、穴を開けて、シャフトを通し、螺旋状のスクリューのようなものを取り付ける。これを発動機で回転させると、精米できる。出来た白米は、側面に作った穴から取り出す。

この機械は評判がよく、かなりの数が売れた。

その儲けを蓄えて、いよいよ農業用発動機の販売に乗り出すのである。

この時代、農家の仕事はすべて手仕事であったが、動力に移行する時期で、発動機はそれこそ飛ぶように売れたという。それに連れて、故障の修理の依頼も増えて、農繁期には、特に多忙を極めた。

修理の依頼があると、祖父は、昔の飛行機乗りのかぶる皮帽子に、ゴーグル、茶色の皮の上衣に、同じく皮のズボンという出で立ちで、その時代、日本でも数台と言われた「ハーレー」のオートバイに跨り、轟音と土煙を振り撒き、疾走を繰り返す。

祖母

農作業の人達は、手を休めて、

「ほーれょー、発動機屋のおじさんだょ」

と、何時までも見送る。新し物好きで、お洒落で、その上親切な祖父は、何時も町の人気者であった。

祖母は、色の白い体の弱い人であった。祖父は惚れて養子にきたそうだ。外には一切出ず、身なりを綺麗にし、食養生ばかりしていた。贅沢で、わがまま放題であったが、祖父は一言も言わず、目を細めていた。

祖父、清太郎は一九五六年、八十三歳で他界し、その翌年、祖母は後を追うように逝ってしまった。

大酒飲みの次男、高夫叔父

父のすぐ下の弟で、私が、親しみを込めて「た、おっつぁん」と呼んでいたこの叔父は、相当な酒飲みであった。若い頃、自分で小さな新聞社を作り、由井正雪のように、肩まで髪を伸ばし、羽織袴、太いステッキという出で立ちで、会社、商店、至る所に出没して、記事をとる。新聞といっても、今で言えばゴロ新聞で、ゆすり、たかり、なんでも御座れであった。

ある時、何人かの友人を引き連れて入った料理屋で、散々飲み食いしたあげく、

「今は、金子《きんす》の持ち合わせがないゆえ、わしの一番大事なものを預けておく」

と言って、名刺を一枚置くと、悠々引き揚げた。その後、それを支払ったかどうか、誰も聞いていない。が、取り立てにあった話も聞かない。

その頃に知り合った女性と結婚し、後に、二人で商売を始めるのだが、これがしげ叔母である。

叔父夫婦の家へ一度行った記憶がある。たしか、一年生の頃だった。叔父夫婦が母に何か相談にきて、その帰りに連れて行って貰った。岡山市内の小

さなアパートであった。家のなかには何もなく、小さい折り畳みの食卓が一つ、それに座って食事をした。寒い日だった。

叔母は冷や御飯に熱いお湯をかけて、しばらく置き、御飯が温まると、お湯だけ捨てた。

お菜は薄く切った焼蒲鉾で、上の茶色のところが堅くなっていた。叔母は、

「堅いところ、取って上げるね」

といって蒲鉾の背を口にもってゆき、ハーモニカを吹くように、カッカッカッと横に噛みながら、茶色のところを食べて、私には柔らかいところだけを食べさせてくれた。

風が吹いて、ガラス窓がガタガタ揺れて、とても寒かったその日を、なぜか鮮明に覚えている。

親戚の間では、あまりウケの良くないこの叔父夫婦は、私には、とても優

しい、そして、真の生き方を示してくれた、叔父叔母であった。

やがて、この夫婦はクリーニング店を開店することになり、た、おっつあんは、「結婚したのだから、真面目に仕事をする」と決心したそうだが、又々、大変なことをやってしまう。

出来上がった預り品を自転車に一杯積んで、配達に出たまま、帰って来ない。明け方、ベロベロになって帰ってきた。

叔母は心配と怒りで詰問した。「友達と会って、飲んで、つい、遅くなった」と叔父は言った。その日はそれで済んだのだが、仕上げの催促を、何軒もから受け、しげ叔母は愕然とした。

仕上げの品は、客の手元には、「戻っていない」ということなのだ。叔母はその夜、もう一度、叔父に問いただす。

「実は、その、客の品物を飲んでしまった」と言う。叔母は絶句した。

「質にいれて、その金を全部飲んでしまった」

素面《しらふ》になって、青菜に塩の、た、おっつあんは、そう言ったそうだ。

堪忍袋の緒が切れたしげ叔母は、もうもう甘い顔はして居られない。忽ち大喧嘩になった。その仲裁と後始末は、母がしたと聞いた。

その後、た、おっつあんは、呉服屋を始めたが、それとても、店先にじっと座っているだけだったらしい。しげ叔母の留守に客がきても、

「今、留守です」

と、帰してしまう。

商売気がなく、売れるものでも、売ったことが一度もなかったという。

高夫叔父は、昭和五十八年十一月二十七日、他界してしまった。

北国の産、と聞く、しっかり者のしげ叔母は、今も健在。岡山県玉野市で、呉服屋を経営している。

博打大好き、稔叔父

稔叔父、一番若いこの叔父のことを「みのさん」と呼んでいた。何時頃、何で悪くなったのか知らないが、片方の目は、義眼であった。昭和初期である。義眼は、今考えるよりも、珍しい代物だった。夜、寝るときには、枕元に水を入れた湯呑を置き、その中へ外した目玉を入れて寝る。朝起きると、上瞼と下瞼をコッポリ広げ、湯呑から取り出した目玉をポコッと入れる。

みのさんは、子ども達には人気者で、その話を、手振りを交えながら、よく話した。

恐いもの見たさで、一度、みのさんが寝入っている夜中、泥棒のような足取りで、こっそり枕元の湯呑を覗きに行った。湯呑の底にあるガラスの眼は、眠っていなかった。

堅い、冷たい、光を溜めて、じっと私を睨みかえした。慌てて顔を背けても、まだ、見ている。とても不気味で恐ろしかった。

みのさんは、何をして生活していたのか、知らない。仕事をしているところは、全く見たことがない。スポーツ好きで、町の運動会で、青年団の人達と一緒に走ったり、飛んだり、跳ねたりしているのは、見たことがある。

他にもう一つ、三度の飯より好き、と言うのが、博打であった。

〝好きこそものの上手なれ〟と言うが、みのさんに限り、この諺は当たっていない。

いつも、カモにされていたらしい。負けて帰っては、義姉である私の母に叱られているのを、何度もみたことがある。

「みのさん、又、博打ですか？」

「はあ、ちょっと……」みのさんは、小さな声で答える。

「みのさんは、眼が悪いんですから、勝っていても誤魔化されてしまうんですよ。もう、博打はやめてください。お願いですから」

母は、いつもそう言って頼んでいた。


「よんべ夜中にのぉ、喉が渇いてたまらんのでのぉ、枕元の湯呑の水を飲んだんじゃ。中へめーが入っとるの、コロッと忘れてしもてのぉ」

た、おっつあん、茂叔父、それにみのさんと私が、御崎《おんざき》神社へ遊びに行ったとき、お宮の石段に腰掛けて、みのさんがそう言った。

私はびっくりした。

「それで？　目玉は、どなにして取ったん」

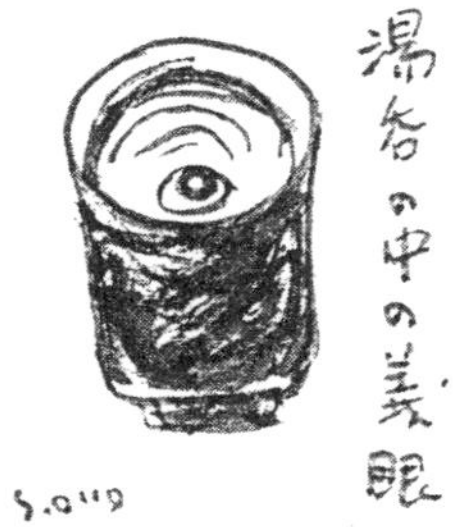

幼い私はどきどきしながら聞いた。みのさんは、ニタリと笑って、

「そりゃ、お前、食うたら出るじゃろうが、よう洗うてホレ、眼のなかに入れたんじゃ」

私は心底、驚いた。ポカンと口を開けて、みのさんの義眼を見詰めた。

今でもあのときの驚きを思い出すと、クスクス笑いたくなる。

茂叔父は、どちらかというと堅物で、文人肌の頼りになる叔父であった。他の二人の叔父は、少々ヨタッていたけれど、それぞれ私を可愛がってくれた。

茂叔父を除いて、二人の叔父、祖父も祖母も、父も、母も、今は私の遠い日の思い出のなかに生き続けている。

すそごの澄子叔母

父の兄弟は、もう二人しか残っていない。その一人が澄子叔母である。先日、十数年ぶりに訪ねると、とても喜んでくれて、色々話してくれた。その話を元にして、書き留めることを思いついた。

叔母は、玉島の海に面した、小高い丘の上の神社に住んでいる。

私の多感な少年時代を、のびのび生きるよう見守ってくれ、今の私の、心の礎《いしずえ》になってくれた叔父叔母達への、感謝の思いで、この拙文を終わる。

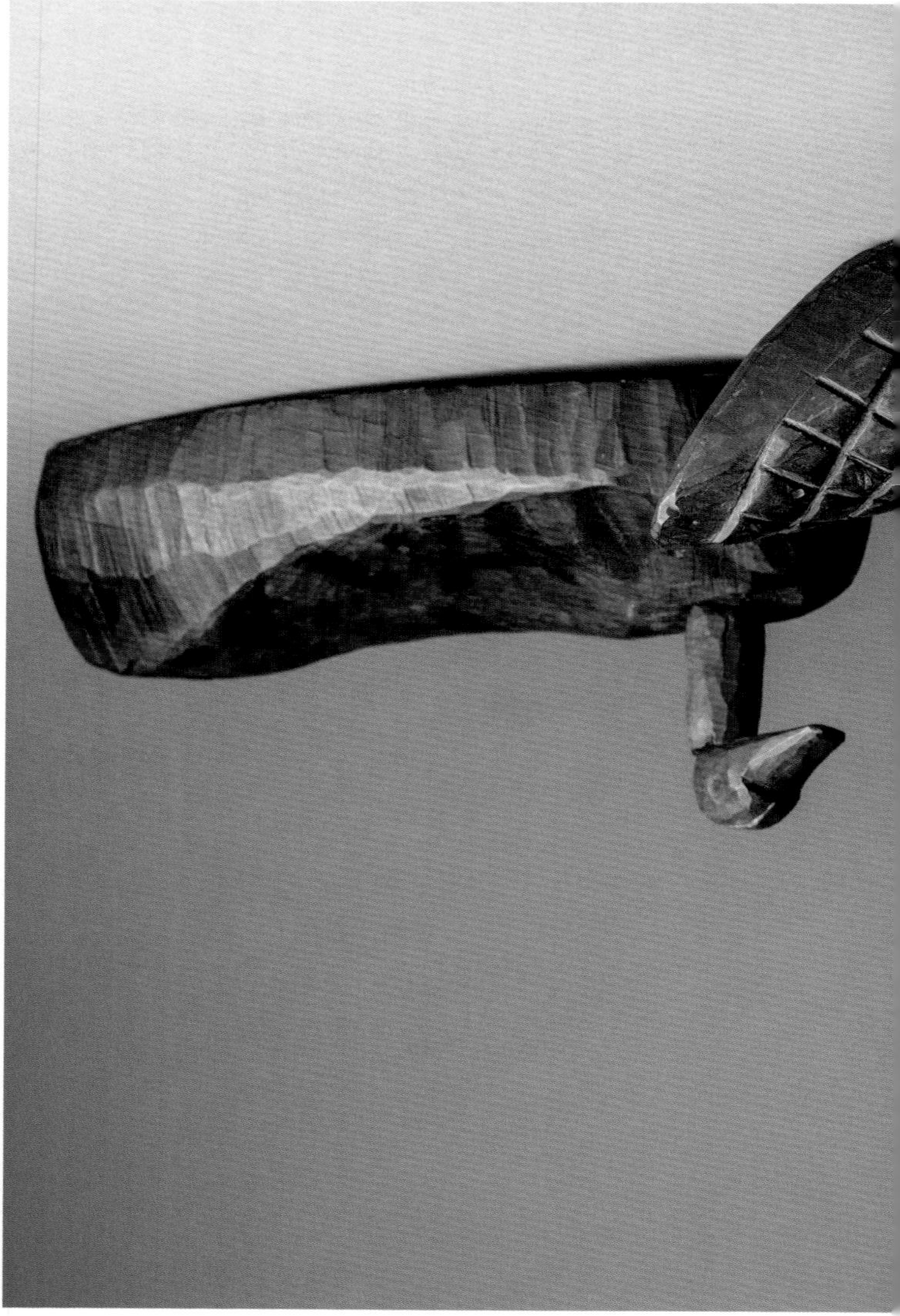

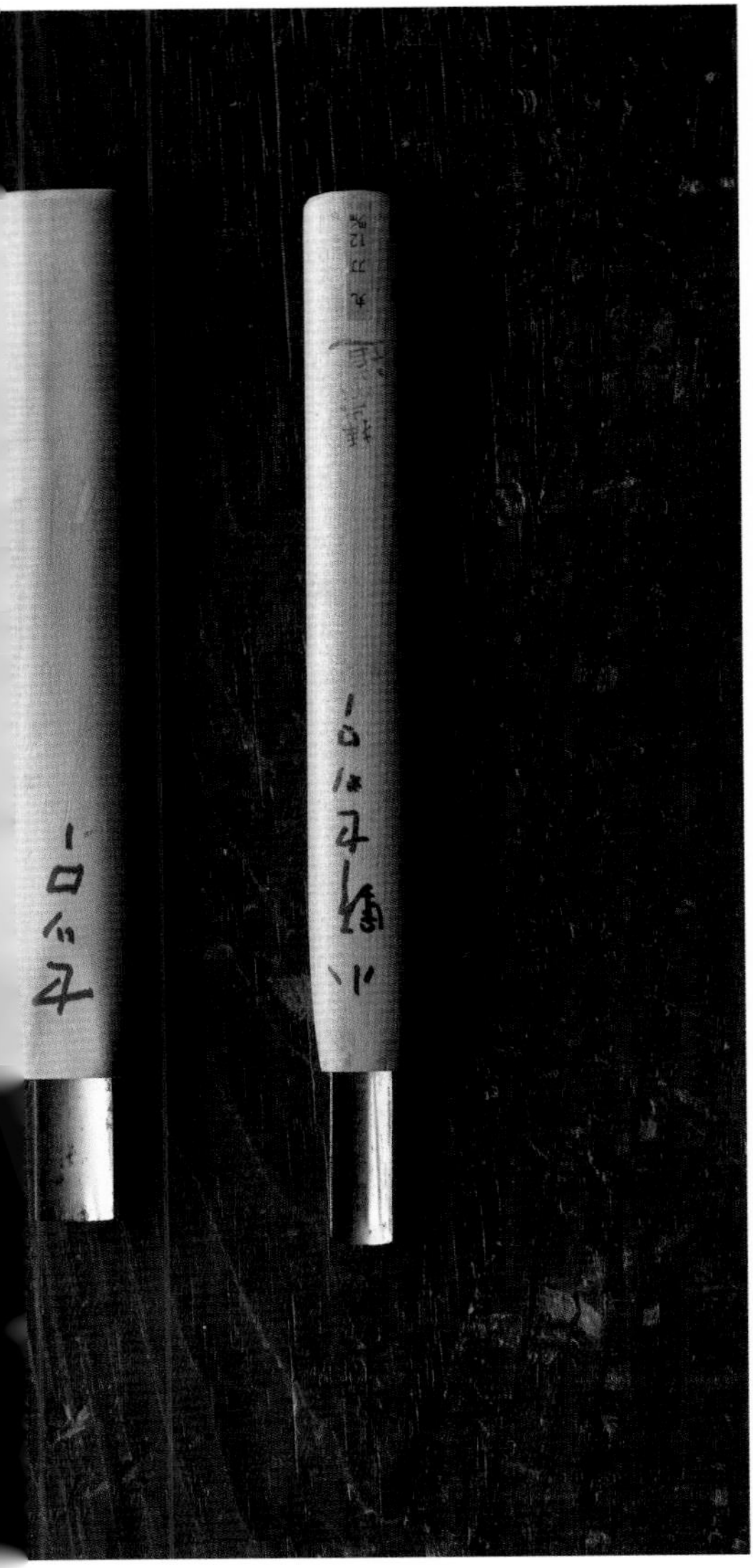

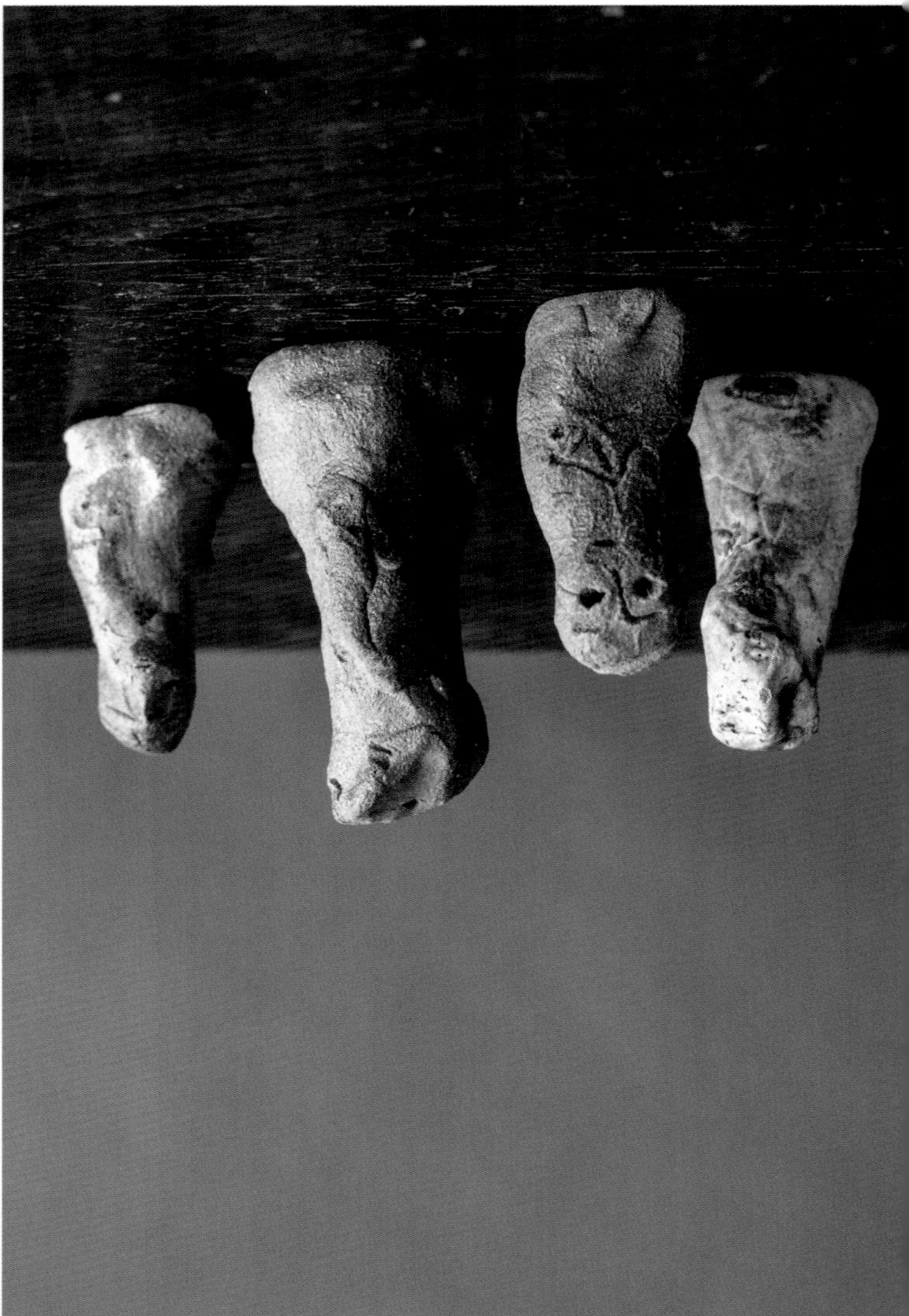

縁

息子は常滑《とこなめ》で焼物を業としていて、二年毎に松山で個展を開く。当地にも息子の作った食器を好んで使ってくださる方が、大勢居てくれる。有難き極みである。

Sさんは、料理店を経営している。ご夫妻とも、息子の器の愛好者で、よく店でも使って下さる。山で取ってきた草木の葉などを、実に上手に添えて、料理はもちろん、器も映えるよう使いこなしている。店内は自然のものを主体に落ち着いた雰囲気である。

素晴らしい洗練された感覚だ。

五月のある日、後でふれるK子さんの草木染めの師である山崎青樹《やまざきせいき》先生が、来松されたとき、この店にご案内した。料理は手の込んだ物ばかり、だがそれを感じさせない心遣いが嬉しい。盛り付けに野草の葉を添えてあるのを、殊の外、喜んで下さった。

草木の専門家だけあって、どんな葉でも茎でも、すぐ言い当ててしまう。瀬戸の魚と、四国の山の香を充分味わって戴き、満足して下さったことと思っている。

何時だったか、この店の主人に、カウンターで使う灰皿を作ってくれないかと依頼された。私は自信はなかったが、日頃土人形など焼いて楽しんで居るので、思い付くまま作ってみることにした。先ず、粘土を四角にして中をくり抜き、外側を板でバンバン叩いて形を整える、次に何時ものように煉炭をおこした上に、堅炭を細かく割って入れ、真中に作品を置き、植木鉢で蓋をする。七時間くらい焼く。ここからが苦労だが面白い。

焼けた素焼きの表面に変化を出すため、鋸屑を用いる。黒くしたい部分だけ鋸屑に埋めると、燻されて綺麗な黒になる。コツは鋸屑を燃やさないこと。煙を沢山出させて炭素を素焼きに吸収させる。この作品の場合、下三分の一ほど黒くして安定感を出した。

最後の仕上げは内側に弁柄を塗り、上の縁は少し考えて銀彩にした。出来上がってみると、素焼きの肌が柔らかなネズミ色をして結構楽しい灰皿になった。

数日して、取りにきたSさんは、「専門家にはない良さがありますなー」と喜んだ。

Sさんの店で一緒に会食をしたR子さんも息子の器の愛好者である。ユニークな発想の持ち主で、お勤めをしているのだが、日曜日だけ、仕入れた焼き物や織物などを展示し、店を開ける。店といっても普通の日本建築の家で、上手に改造して古い民具等並べ、いい雰囲気を出している。中に入ると何か懐かしい空気を感じる。

息子の焼物からR子さんと知り合い、親しくなって話をしてみると、三十年ほど前、道後に住んで居た頃、家の直ぐ前に在ったマンションの住人であったことが解って、ビックリした。彼女のお母さんはふくよかで上品な、記憶に残っている人だった。そう言えばこのマンションの人々とは、子どもが仲良く行き来したり、年の暮になると何軒か一緒に餅搗きをしたこともあった。思えば子ども達も小学生で、我が家も一番のんびりした時代だった。

染織をしているK子さんは、流行などにとらわれぬ強い個性と、独自のセ

ンスの持ち主である。草木の持っている色を大切に追求して、とてもいい仕事をする。

家内が少し染めをやっているので、K子さんと知りあった。

ある日、R子さんとK子さんが私の家で出会った。

初対面なのに旧知の間柄のように、夢中で話をしている。じっと聞いていると、学生時代の思い出のようだ。K子さんもその頃道後に住んで居た、という。私たち家族が道後にいた頃、直ぐ近くにR子さんも、K子さんも住んで居たわけだ。

二人は歳も同じ。きっと通学の電車で一緒になったり、お使いの途中で擦れ違ったりしたに違いない。

縁とは不思議なものである。これからは擦れ違ったりせず、何時までも親しく付き合って貰いたい、と願っている。

倉

「倉を倒すぞ」

弟から電話があった。

私が岡山へ帰る度に、その倉を残すように言っていたからだが、百年以上も経った古い倉は、梁も床も朽ち、内部の漆喰《しっくい》も剝げ落ち、階段は登ることが出来ない。

「何か、建てるの？」

と聞くと、

「いや、なんも建てんけど、広場にして車置くだけや」

と、言う。

途端に、私の脳裏に、モノクロの倉の全容が浮かんだ。

腕白時代の私は、何かしでかすと、よくこの倉に閉じ込められた。重い扉が軋んで閉まると、中は真っ暗闇。最初は泣き叫んでいたが、度重なると馴れてきて。開けて貰えるまで、手頃な荷物をベッドに眠ったり、小便がしたくなると、石油缶に引っ掛けたりした。この時分には、我が家では石油も売っていたので、一斗缶は沢山積み上げてあった。度々引っ掛けると、缶が錆びてきて父に発覚し、又、小言を食った。

近所の友達を集めて、図画を描き、倉の壁に貼って、展覧会ごっこをして遊んだこともあった。

危険なこともやったことがある。

二階の隅を研究室にして、火薬を作ったことがある。友達と二人、硫黄、チリ硝石、木炭を、乳鉢ですり交ぜて作る。出来上がったそれを、田圃のなかで点火したところ、炎が背たけより高く上がって恐ろしかった。それに懲りて、以後、火薬作りはやめにした。

倉の隅に、幼い頃、裏の小川で乗って遊んだタライが残っているという。弟はそれを覚えていて、

「兄さんのタライはちゃんと置いておくぞ」

と言った。

「今度、車で来るとき、持って来てくれ」と頼んだ。母が嫁いでくるとき持って来たというタライで、私の産湯にも使ったらしい。それを運んで来て貰っても、使い道はないのだが、私には捨てられない大切なタライなのだ。

崩される倉を思い、その夜は、長い夜になった。

十二月頃になると、倉の軒下に、大根を井げたに組んで、縄でぶら下げてあった。

大根がしなしなに乾くと、母は藁を丸めて、一本ずつ丁寧に擦る。

これを手伝った事がある。母の作る漬物のなかで、沢庵漬は最高においしかった。

も一つ、茄子の糠漬も、格別であった。茄子は、母が自分で育てたもので、京茄子のように丸形で、いびつで、あばたがあるが、皮は柔らかく、切ってみると淡い黄色で、種も少ない。口にいれるとツルリとした舌触りで、我が家では絹茄子と呼んでいた。

最初は、祖父がこの茄子の種を手にいれてきて、母が、

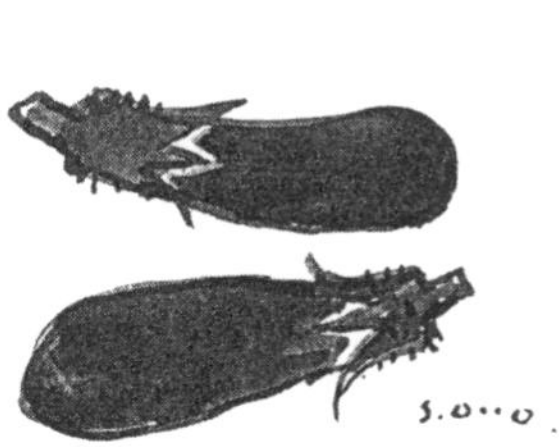

大事に育て続けてきた。

母の漬物作りを見ていたせいか、私は五年ほど前から、キムチを漬けるようになった。

凝り性の私は、人に「うまい」と言われるキムチを目指して、本を読み漁ったが、活字ではどうしても納得できない。コツのようなものを教えて貰いたい一心で、下関の長門《ながと》町《まち》にある朝鮮料理材料店を訪ねた。

韓国のおばあちゃんは丁寧に作り方を話してくれた。それは、母の漬物に似ていて、素材を大事に扱うこと。真心を一緒に漬け込むこと。それに尽きるようである。

キムチ作りは、始めに白菜を塩漬けにする。四ッ割にして、根っこの白い部分を包丁の背で、トントンと二回叩いて刃形をつける。こうすると、全体が同時に漬かる。

倉

白いところを広げるようにして塩を振り込む。塩は出来るだけ控え、本漬けのとき、葉の間に挟み込む「ぐ」で味を整える。

キムチに欠かせない唐辛子のことを少し調べてみた。

唐辛子は朝鮮から日本へ渡ってきたものと思っていたが、逆に日本から朝鮮に伝えられたとの事。十七世紀の始め、朝鮮の通信史が持ち帰ったそうである。原産はメキシコで、現在は全世界で栽培されている。種類は、タカノツメ、伏見長、シシトウ、ピーマンの四種と記されている。

日本産のものは辛さが強く、韓国産は、柔らかい辛さに加えて甘味があり、キムチにはこれでなくてはならない。味つけに動物性蛋白を入れる。「いしもち」「かたくちいわし」「あみ」(一センチほどの小さい海老の塩辛)等であるが、私は生臭さが嫌なので、「あみ」だけを使う。香りは、「にんにく」のすり下ろし、「針生姜」、「せり」の茎、それにリンゴのすり下ろし、このリンゴ

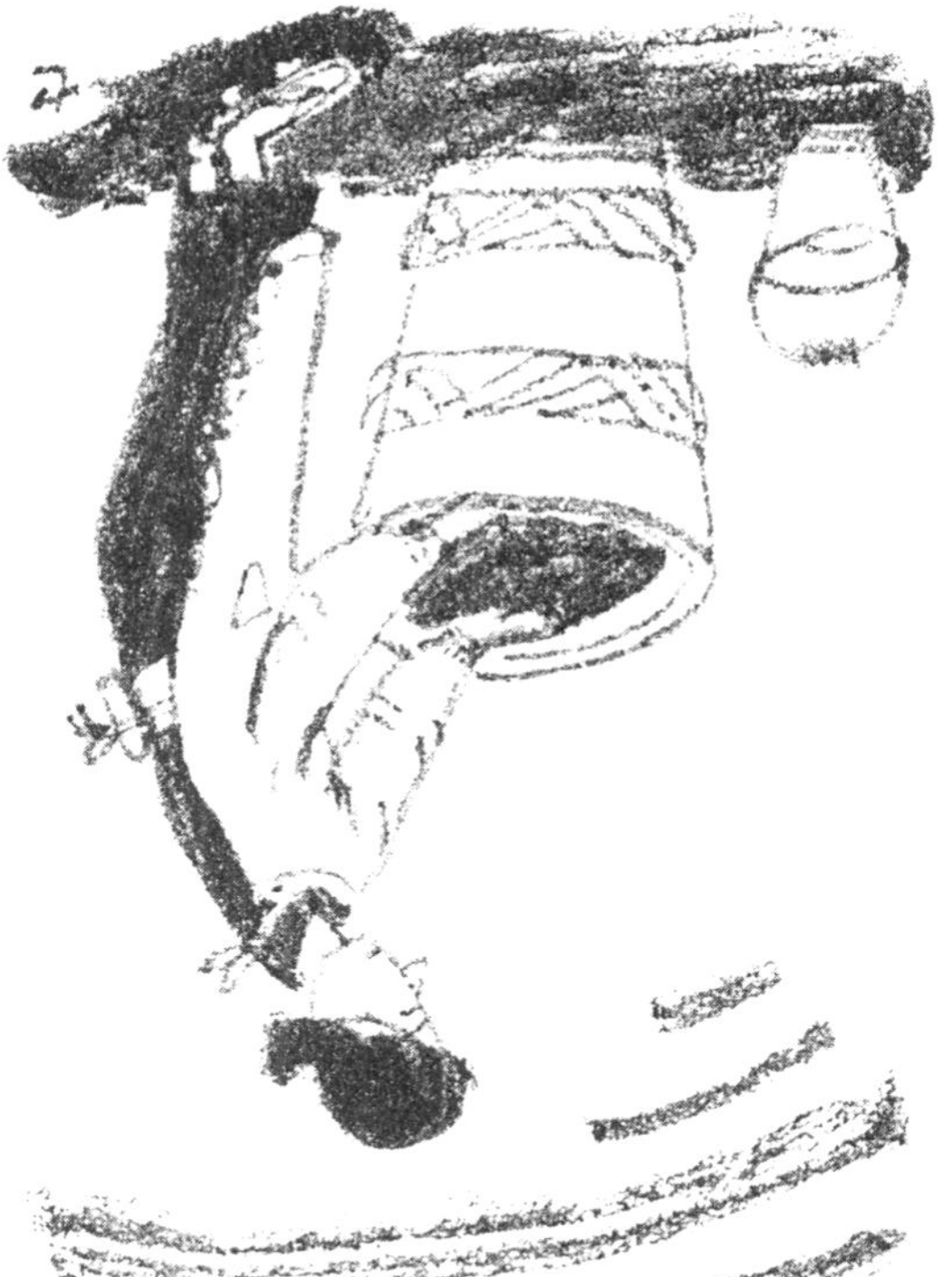

は、適度の酸味と甘味で微妙な味を作り出す。韓国では、生牡蠣や、烏賊《いか》を入れるそうだが、これには少し抵抗がある。

ともあれ、これ等を混ぜ合わせて、準備完了。

塩漬けが出来上がると、一度水洗いをして、水分を切り、葉の間に、塗るように丁寧に「ぐ」を挟み、タコ糸で結ぶ。キムチ壺のなかへ並べて詰め込み、一週間もするとでき上がる。漬け上がるまでの、この一週間は、大袈裟に言えば、まるで、「我が子の誕生を待つ想い」と言えば、人は笑うかもしれない。

だが、私の作ったキムチは、友人の食通に好評で、お世辞にしろ、「おいしい」「おいしい」と、喜んでくれるのが嬉しい。

私が漬物を漬けるようになって、母の漬物が、どうしてあんなにうまかったのか、初めて分かった。

幼かった日、私は幾度か垣間見たことがある。

寒い夕暮れ、漬け終わった糠の上を、母がひたひたと、手のひらで、優しく、愛おしむように叩きながら、

「おいしく漬かっておくれ」

「いいダイコだから、きっと、おいしく漬かっておくれね」

と、漬物に話しかける姿を。

懐かしい母の漬物樽が、幾つも並んで鎮まっていたその倉も、寄る年波には勝てず、ついに崩されるのだなー、と思うと、寂しさとともに、不思議な安らぎも覚えて、ふと、窓外を見た。

その時、悲鳴にも似た倉の崩れ落ちる音を、冬の闇をとおして、私は、はっきり聞いた。

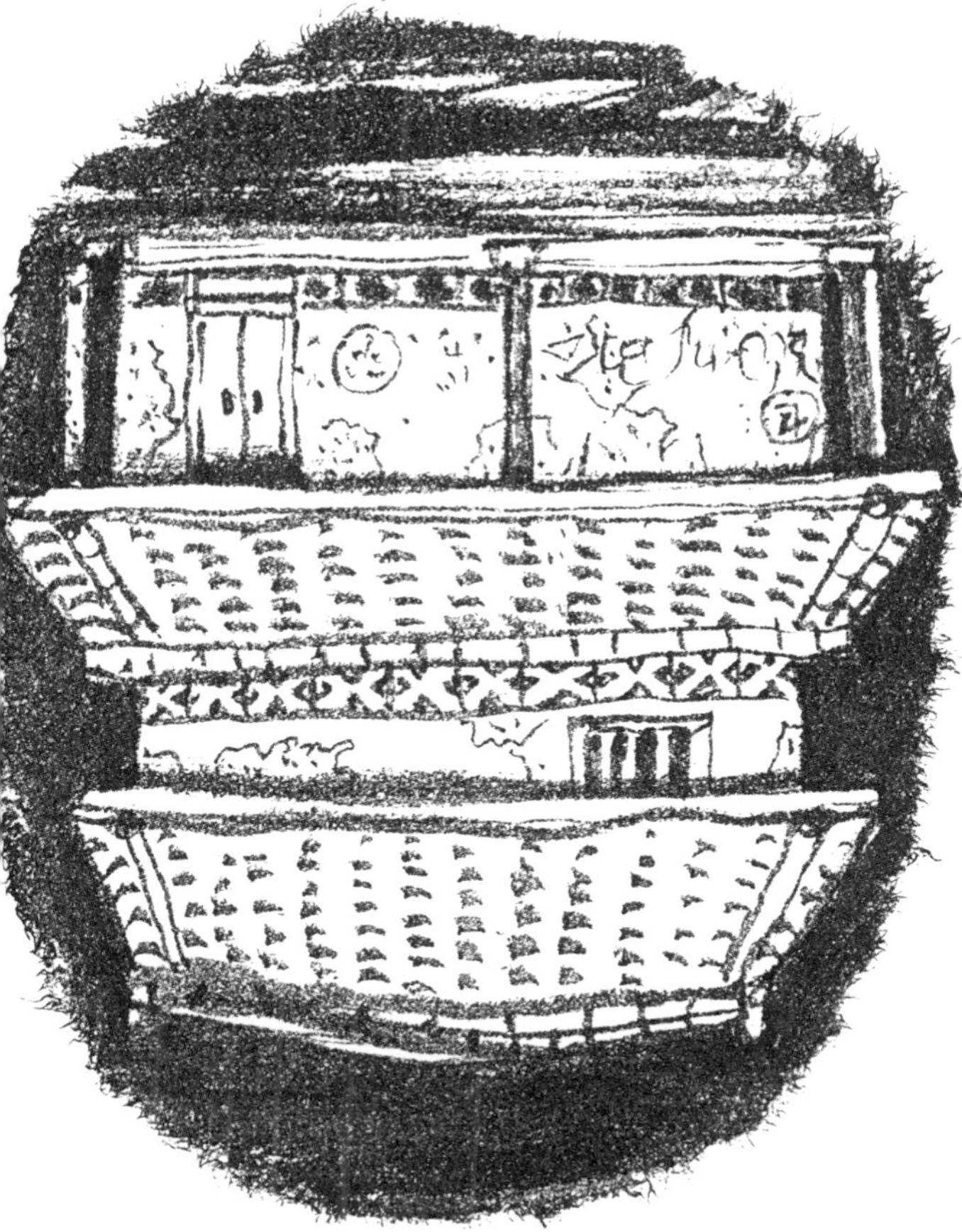

父セツローさんのこと

小野哲平

十代の気持ちの荒れた、ややこしい時期に、母の料理に満足出来ずに爆発する自分に、父が簡単な料理をさらりと作ってくれたことを覚えています。美味しいが、爆発を治めバランスを整えたのかもしれない。

子どもの頃、私たちの住む四国の松山と祖母の住む岡山、その当時だと汽車と船を乗り継いで一日がかりの距離だったので、遠くにいる印象だった。

いつもにっこり、虫歯を防ぐことを信じて、孫の私たちにベースボールカードの付いたチューインガムをよく買ってくれた、あの戻ってきた、ルビーのばあちゃんである。

父からは、よく祖母の手料理の話を聞いた。戦前でありながらパンを焼いたり、聞いたことのない「ユーリンチー」とかいう中国料理で、とても美味しく嬉しく、豊かな気持ちになったことは、物ない時代に、味覚だけでなく、父の人となりも作ったかもしれない。

その祖母がなくなった通夜の時に、近い親戚だけで夕食を作ることになった。男兄弟三人が買い出しに行き、台所に立つのを見て、美味しかった記憶が、昭和の男兄弟にも食べることは作ることを当たり前にしたのかと思いました。

生まれてからの人となりは、喜びの積み重ねがその人を豊かにしてゆく。厳しい時代に生まれながらも、愛情ある味覚の喜びが記憶され、受け継がれ、今の自分、そして私の子どもたちへも繋がっているかもしれないと思います。

陶芸家として、父の影響など感じることなく長く作り続けて来たつもりでしたが、自分と、そして同じ道を選んだ二人の息子たちの選ぶ色や質感も、いつの間にか無意識に、美味しいと同じように近いものになっていることに気がつきました。

（おのてっぺい／陶芸家）

小野節郎／おのせつろう

一九二九年岡山県生まれ。愛媛県松山市で長くレントゲン技師を務めるかたわら油彩を描く。のちに自らの美意識に導かれるままに野の草花を描き、木から匙やかんざしを削り出し、手びねりで愛らしい土人形を作った。晩年は「セツローさん」の愛称で親しまれ、幅広い世代のファンに恵まれる。陶芸家である長男・小野哲平氏、布作家の早川ユミ氏（哲平氏の妻）と全国各地で二人展、三人展を開催した。二〇一七年没。

著書に『セツローさんのスケッチブック』（ラトルズ）、『セツローのものつくり』（アノニマ・スタジオ）がある。

高知県谷相の家にて。
左より哲平さん、セツローさん、ユミさん（写真・河上展儀）

本書は小野節郎氏による私家版『鯰』（平成三年）と『倉』（平成四年）二冊の随筆集を底本に制作しました。

協力　小野哲平、早川ユミ
撮影　河上展儀（p.72, 173）
　　　大沼ショージ（p.138 ~ 152）
印刷進行　藤原章次（藤原印刷）
校正　猪熊良子
編集・造本　信陽堂編集室（丹治史彦、井上美佳）

セツローさんの随筆

二〇二三年八月三一日　第一刷発行

著者　小野節郎

出版者　丹治史彦

発行所　信陽堂
一一三-〇〇二二
東京都文京区千駄木三-五一-一〇
電話　〇三-六三二一-九八三五
books@shinyodo.net
https://shinyodo.net/

印刷　藤原印刷 株式会社

活版印刷　有限会社 日光堂

製本　東京美術紙工協業組合

ISBN978-4-910387-05-5 C0095

定価　本体二〇〇〇円+税

背中をそっと温める手のぬくもり
遠くからあなたを見守る眼差し
いつもはげましてくれる友だちの言葉
小さな声でしか伝えられないこと
本とは
人のいとなみからあふれた何ごとかを
はこぶための器